芸能人
ショートショート・コレクション

tamaru masatomo
田丸雅智

角川春樹事務所

芸能人ショートショート・コレクション

目次

はじめに 4
魂の園 7 又吉直樹
キュウリとにころるん 19 藤田ニコル
大黒柱 33 谷原章介
声の渚で 47 大原さやか
ヘッド・リバー 61 橘ケンチ

フリル菌 73 秦佐和子
怒りに油を 89 尾崎世界観
利子手帳 105 村上健志
量子的な女 119 中嶋朋子
スポットライトに魅せられて 137 綾部祐二
あとがき 152

はじめに

本書に収録されているのは、広義《こうぎ》の「芸能人」の方をモチーフにして書かせていただいた十の物語です。登場するのは、お世話になっている方、親しくさせていただいている方、お仕事でご一緒した方など、田丸個人がご縁のあるみなさんです。

この企画の種が生まれたのは五年ほど前。当時、実際の家族や友人、知人らをモチーフにした作品を書くという試みの中で、いつか好きな芸能人の方をモチーフにして作品を書かせていただきたいなぁ。そんなことを夢見るようになりました。

その後、思惑はずっと頭の片隅にあったのですが、実際に着手したのは二年ほど前のこと。雑誌の特集でピースの又吉直樹さんをモチーフにした作品の執筆依頼をいただいて、その作品がきっかけとなり、作品集の実現に向けて動きだしました。

ところで、みなさんは「ショートショート」というジャンルをご存知でしょうか？

ショートショートとは簡単にいうと、短くて不思議な物語のこと。つまり、本書に収められている作品は実在の芸能人の方をモチーフにしていると言いながら、どれも現実にはありえない「不思議な物語」なわけです。

では、すべてがフィクションなのかというと、答えはノーです。物語のベースにあるのは、あくまでモチーフにさせてもらった方から直接伺ったお話や、やり取りの中で実際に起こったことなのです。

いったい、どこまでが実話で、どこからが空想なのか——。

名付けるならば、「エッセイ風フィクション」とでも言えるかもしれません。

この境界の曖昧《あいまい》な不思議な世界を、お楽しみいただければうれしいです。

造本・装幀　岡孝治

文吉直樹

魂の園

お笑い芸人・ピースの又吉直樹《またよしなおき》さんとは個人的に親しくさせていただいていて、ときどき飲みに行かせてもらう。今日はせっかくなので、普段は表に出されていない、又吉さんの秘密を勝手にご紹介しようと思う。

又吉さんの秘密を知ったのは、初めて飲みに行ったときのことだった。

「お待たせして、すんません」

恐縮しながら居酒屋の個室に入って来た又吉さんは、当たり前ではあるのだが、テレビで見たままの姿をしていた。芸能人の方とお会いするのが初めてのぼくは、身体《からだ》がガチガチに固まっていた。

緊張がほぐれるのに三十分ほどかかってしまったが、ようやくまともに会話できるようになってきた。そうすると、又吉さんのお人柄が自然とこちらに伝わってきて、ぼくは尊敬の念にとらわれはじめた。

――ああ、この方はなんて誠実な方なんだろうか――

初対面、しかも若造のぼくに対しても、又吉さんはじつに真摯《しんし》に向き合ってくださった。お互いの創作秘話からプライベートの話まで、ぼくたちは大いに盛りあがった。

――又吉さんは、人間の闇《やみ》を知り尽くした仏様みたいな人だなあ――

ぼくはそういう印象を抱《いだ》いたものだ。

話は弾《はず》み、二時間くらいたったころのことだろうか。

「田丸さん、ちょっと話があるんです」

又吉さんは、唐突《とうとつ》にそう切りだした。

「話、ですか？」

「ちょっと、言うときたいことがあるんですよ。知ると引かれるかもしれません。でも、最初にちゃんと言うときたいんです」

「はあ……なんでしょうか。引いたりしませんから、ご遠慮なくおっしゃっていただければ」

「ホンマですか。それやったら……たぶん、見てもらうのが早いと思います。驚かんでくださいよ」

又吉さんはおもむろに、その長髪へと手を伸ばした。そして、両手で髪をつかみあげると、真上に髪を結《ゆ》いあげた。それは、ときどきテレビでも見かけるヘアスタイルだった。青白い顔が、照明のもとにさらされる。

「これなんですよ、見てもらいたいのは」

「これって……その髪型をですか？」

いったい何を言いたいのだろうかと、ぼくはリアクションに困ってしまった。

すると、又吉さんは口を開いた。

「いえ、髪型そのものやなくて、このあと起こることを見ててほしいんです」

「はあ……」

お互いに黙ったまま、しばらく時間が流れていった。

と、そのときだった。

又吉さんの頭の上にとつぜん妙なものが現れて絶句《ぜっく》した。錯覚《さっかく》ではと、何度もまばたきをしてたしかめたけれど、目の前のものは消えるどころか、ますます輪郭《りんかく》をはっきりさせた。

「又吉さん、それ……」

二の句が継《つ》げないでいると、又吉さんは右頬《ほお》を少し吊《つ》りあげて微笑《ほほえ》んだ。

「まあ、そうなりますよね。こんなん、いきなり見せられたら」

又吉さんの頭の上、柱のように立った髪の周囲には、得体《えたい》の知れないものが飛び回っていた。それはコブシくらいの大きさの、青白い光の玉だった。

「これはですね、魂《たましい》なんです」

「なんですって？」

「ほら、ぼくのネタに、魂を吸うってやつがあるでしょう？」

ふと、お笑い番組でのワンシーンが頭の中に呼び起こされた。又吉さんは、ひゅるっと息を吸いこんで人から魂を奪《うば》いとるという、シュールなネタをやっていた。

それを思いだしたのだった。

ぼくは戸惑《とまど》いながらも頷《うなず》いた。

「テレビではネタとしてやってますけど、あれ、ホンマにやってることなんですよ」

「どういうことですか……？」

「ぼく、ホンマに魂を吸って回ってるんです。それで、吸った魂を成仏《じょうぶつ》させてやってるんですよ」

平然と言う又吉さんに、ぼくはパニックに陥《おちい》った。又吉さんと、頭上を漂《ただよ》う光の玉とを交互に見やって、ただただ呆然《ぼうぜん》とするばかりだった。

そんなぼくに向かって、又吉さんは言葉をつづけた。

「じつは、世の中には成仏できずにさまよってる魂がたくさんいてるんです。ぼくには生まれたときから、それが見える。やから、そいつらが悪さをせぇへんように、見かけると吸いこんで身体の中に貯《た》めておくようにしてるんです。そうして定期的に念仏《ねんぶつ》をあげて、成仏させてやってるんですよ」

「……それじゃあ、その頭の上を漂っているのは」

「ぼくの吸いこんだ魂のひとつです。成仏させるまでの間に退屈せぇへんように、ときどきこうして外に出して、遊ばしてやってるんです。どうやら束ねた髪が墓石《ぼせき》のような、卒塔婆《そとば》のような、鎮魂《ちんこん》の役割を果たすみたいで。もちろん、人目につくところではやりませんよ。一緒に住んでる後輩なんかはこれを見ても笑うだけなんで、基本は一人のときにやってます。ぼく、見た目でよぉ死神とか言われるんですけど、まあ、似たようなもんですかね。……こんな話、さすがに引きますよね。でも、田丸さんにはどうしても隠しとけんかったんです」

又吉さんは自虐《じぎゃく》的な笑いを浮かべた。

奇妙な話に、ぼくは、うーんと唸《うな》ってしまった。ウソのような話だったが、又吉さんの言葉には、すべてを信じさせる重さがあった。

――又吉さんは、人間の闇を知り尽くした仏様みたいな人だなあ――

その自分の見立ては間違ってはいなかったのだと、ぼくは改めてそう思った。又吉さんは本当に人間の闇を――世をさまよう魂を身体に宿し成仏させている、正真《しょうしん》正銘《しょうめい》の仏様だったのだ……。

ぼくの中では、人知れず魂を救っているというその行いに、そしてそれを自慢するでもなく淡々と言うそのお人柄に、ますます尊敬の念が膨《ふく》らんでいた。

「又吉さん、ぼくは全然引きません！　引くどころか、ものすごいことをされてるって思いました！」

ぼくは大声をあげていた。

「ホンマですか？」

又吉さんは、頬を吊りあげ少し笑った。

「ホンマです」

間髪容《かんはつい》れずに、ぼくは答えた。

「いや、それならよかったです。なんか、ぼくも言えてすっきりしました」

そう言うと、又吉さんは頭上を片手で軽く払《はら》った。ゆらゆら飛んでいた光の玉が、ひゅんと消える。髪をほどいて元に戻すと、ハイボールをぐいっと呷《あお》った。その表情は、なんだかうれしそうだった。

「変なことを伺《うかが》ってもいいですか？」

しばらくたってから、ぼくは、とあることに思い至って尋《たず》ねてみた。

「何ですか？　何でも聞いてください」

「あの、興味本位ではあるんですけど……ほら、普通の生きてる人の魂を吸うというのをネタでされてるじゃないですか。さすがにあれは冗談《じょうだん》ですよね……？」

「ああ、あれですか」

又吉さんはジョッキを置いて、つづけて言った。

「あれもホンマのことですねぇ」

「ええっ！　それじゃあ、生者《せいじゃ》の魂も抜きとってるってことですか!?」

ぼくは焦《あせ》って声を高めた。そして、とっさに個室の隅《すみ》に逃《のが》れて身構えた。

「ははは、安心してください。田丸さんの魂を勝手に吸ったりはしませんから。それにこれには、悪い意味はないんです」

又吉さんは、すっかり明るい口調になっている。

「じつはぼく、この世をさまよう魂を成仏させてもいますけど、いちど成仏した魂をこの世に呼び戻すこともできるんです」

「呼び戻す……？」

「シャーマンみたいな人を想像してもらえれば、分かりやすいと思います。要はあっちの世界に行った人を、さっきみたいに頭の上に連れてくることができるんですよ」

「なるほど……ですが、そのことと生者の魂を吸うことが、どう関係してるっていうんですか？」

「ぼくが、生きてる人の魂を吸いこむとするでしょう？　すると、その魂もぼくの中に入りこんで、死者の魂と一緒に頭の上にぽっと現れるんですよ。つまりは生者の魂が、死者の魂と交流できる。いわばぼくは、この世とあの世の中継所の役目を果たしてるんです。そうして魂たちは束《つか》の間《ま》の再会を楽しんだあと、生者のものは元の身体へ、死者のものは元の世界へ戻っていくというわけです」

「ははあ……」

もはやぼくは、又吉さんを仏様以上の存在に感じていた。ともすれば、拝んでしまいそうなほどだった。すごい人と知り合ったものだなぁと、つくづく思った。

「それにしても、よかったです。今日はいろいろ話せて」

又吉さんは、笑顔で言った。

「ぜひまた、誘ってください」

「そんな、こちらこそですよ！」

それが貴重な時間のピリオドとなって、ぼくたちは連絡先を交換してから店を出た。

ぼくの心は幸福感で満たされていた。こんな素敵な人と知り合うことができたことを、心の底から感謝した――。

以来ぼくは、又吉さんには本当にお世話になりっぱなしだ。

いまも時おり飲みに連れていってもらっては大いに刺激をいただいているし、又吉さんはいつもぼくを励《はげ》ましてくれ、そのおかげで自信をもって執筆活動にも打ちこめている。ありがたい話である。

ちなみにぼくは又吉さんとお会いすると、いつも必ずお願いしていることがある。ほどよく酔いが回ったところで、ひゅるっと魂を吸いこんでもらうのだ。

そうしてぼくは、又吉さんの頭の上——魂の園《その》とも呼ぶべき場所で、亡《な》くなったじいちゃんの魂と存分に戯《たわむ》れさせてもらっている。

藤田ニコル

キュウリとにこるん

藤田《ふじた》ニコルさん――通称「にこるん」とお会いしたのは、出版社の会議室でだった。ぼくの新刊の刊行に合わせ、雑誌「Ｐｏｐｔｅｅｎ」での対談を企画していただいたのだ。

にこるんのことはテレビでよく見かけていたが、ぼくはそれ以上の前情報をほとんど仕入れずに当日に臨んだ。そのほうが、先入観なしにお話しできるだろうと思ってのことだった。

世間では「おバカタレント」「若者代表」のような立場で有名だけれど、いったいどんな人なのだろう。自分ももう若者とは言いづらい年齢だから、変なことを口にして「おじさんキモイ」と一刀両断《いっとうりょうだん》されたらどうしよう。そんな好奇心と不安、そして緊張感もありながら、会議室でにこるんの到着を待った。

現れたにこるんは、華奢《きゃしゃ》な人だな、という第一印象だった。さすがモデルで、腕も脚《あし》も細いし、顔も小さい。

「どもー、おはよーございまーす」

身構えているぼくとは対照的に、さすが場数《ばかず》を踏《ふ》んでいるだけあって、にこるんに緊張している様子は見えなかった。

限られた時間での対談だったこともあり、世間話もそこそこにさっそく本題に入ることにした。

「藤田さんは、ふだん小説って読みますか?」

「ぜんぜん読まないですねー」

即答に怯《ひる》みそうになりながらも、ぼくはつづける。

「……ですよね、あんまり馴染《なじ》みがないですよね」

「なんか小説って聞いただけで、もう無理って感じです」

「なるほど……」

「漢字もぜんぜん読めないし、縦書きもなー」

その最初のやり取りで、ぼくは気を引き締めた。にこるんの言葉は、表面だけとらえると「おバカタレント」のイメージを強めそうなものだったけれど、実際のところ、ぼくはまったく違う気持ちを抱《いだ》いていた。何にも媚《こ》びることなく、感じたことを思うままに飾らず素直に述《の》べる姿に、嘘《うそ》や偽りが通用しない本物だなとビシビシ感じたのだった。

「それじゃあ、ショートショートのことも知らないですよね？」

「うーん、分かんないです」

「短くて不思議な物語のことなんですが……」

ぼくは要点を説明する。

へぇーと頷《うなず》いたあと、にこるんは口を開いた。

「すぐ読めるんだったら、ちょっと読んでみてもいいかも」

「読めます、読めます。ちなみにショートショートではよく不思議なことが起こるんですけど、藤田さんは何か、不思議な体験をされたことってありますか？」

「不思議議かー」

にこるんは少し考える様子を見せたあと言った。

「なんだろなー、あんまないですかねー」

そのときだった。

「あ、すみません、ちょっとだけいいですか」

そう言って、にこるんは突然リュックから何かを取りだした。それを見て、ぼくは「えっ」と声をもらした。

「キュウリ……?」

にこるんが手にしていたのは、紛《まが》う方《かた》なきキュウリだった。

唐突な出来事に、ぼくが混乱に陥《おちい》ったのは言うまでもない。

どうしてキュウリが、このタイミングで?

尋《たず》ねてよいものか迷っていると、ピロン、と、どこからか電子音が鳴った。すると、にこるんはキュウリを左手で持ち、右手の指でぴっとスマホの画面をなぞるような仕草を見せた。

「ごめんなさい、マナーモードにするのを忘れてて」

「はい?」

マナーモード? キュウリ問題につづいて現れた謎《なぞ》の言葉に、混乱はますます深まった。

少し静寂《せいじゃく》が流れたあと、ぼくは素直なにこるんを見習って、率直に尋ねてみることにした。

「あの、それってキュウリ、ですよね……?」

「え？　あーそうですよ、キュウリスマホ」

「スマホ？」

「はい」

「でも、キュウリですよね？」

「キュウリですよ」

いまいち話が噛《か》み合《あ》わないなと思っていると、にこるんが言った。

「田丸さん、野菜スマホのこと知らないんですか？」

「野菜スマホ？　なんですか？」

「そういうスマホがあるんですよー」

返答しかねて黙っていると、にこるんは、こんなことを口にした。

どうにかスマホをもっと安い素材でつくれないか。そんな考えのもと開発されたのが、野菜に差すと、それをスマホにしてしまうという新しいシムカードだった。そのシムカードを差せば野菜の性質が変化して、通話も撮影もできてしまう「野菜スマホ」になるのだという。

「どういう仕組みかは分かんないんですけどねー」

にこるんは屈託《くったく》なく笑う。

ぼくは唸《うな》った。

野菜に電極《でんきょく》を差しこんで豆電球をともす「野菜電池」の実験なら、むかし理科の授業でやったことがある。微力な電圧の差を利用して、電気を取りだすのだ。が、それはあくまで豆電球レベルの話であって、複雑なスマホが野菜で再現できるとは到底思えなかった。

と、机に置かれたキュウリがブーッブーッと鳴りはじめた。

「あ、すみません、ちょっと一瞬だけいいですか？」

曖昧《あいまい》に頷くと、にこるんはすかさずキュウリを手に取り顔の横に持っていった。そして口に手を当て、キュウリに向かって囁《ささや》いた。

「会議中なんで、折り返しまーす」

キュウリからは応じるように誰《だれ》かの声がもれている。

にこるんは電話を切るような仕草をして、何事もなかったかのようにキュウリをまた机に置いた。

「キュウリスマホ……」

実際にそれを目の当《まあ》たりにして呆然《ぼうぜん》とするぼくをよそに、にこるんは先の話に戻ってつづける。

野菜スマホが発売されると同時に、メーカーは若者向けにキャンペーンを行ったのだという。その第一弾で焦点となった野菜が、キュウリだった。

——キュウリスマホは軽くて便利——

そう謳《うた》った広告が出回った。

「わたし、キュウリが好きなんですよー」

そんなにこるんは、さっそくシムカードを買い求めて、キュウリスマホに乗り換えることにしたのだという。

使いはじめると、取《と》り柄《え》は軽さだけではなかった。小腹が空《す》いたらそのまま齧《かじ》りつくことだってできたのだ。キュウリなのでちょっとした水分補給にもなるし、別売りの携帯ミソを取りだしてつけると、いつでもどこでもローカロリーのおやつになる——。

「……でも、食べたら肝心のスマホがなくなっちゃうんじゃないですか？」

尋ねると、にこるんは言う。

「大丈夫です、また新しいのを買ってシムカードを差せばいいだけだし」

にこるんは、そのうち興味本位でキュウリ以外の野菜スマホにも手を出してみたらしい。

中でもゴーヤは表面がボコボコしていて持ちやすく、特にお気に入りのスマホになった。おまけにゴーヤは苦いので、キュウリと違って衝動的に食べてしまうこともない。結果、ゴーヤスマホは長持ちし、何度も買い替える必要がなく、お財布的にもうれしかった。

「だからいまは、このキュウリとゴーヤの二台持ちなんですよー」

にこるん曰《いわ》く、若者の間での野菜スマホ人気はすごいらしい。

「男子の中ではモノトーン系のナススマホが流行《はや》ってて」

ただし、ナススマホはつるつるしていて落としがち。なので、男子たちのスマホは壊れてばかりなのだという。そんなとき、彼らはコンビニで野菜を買って、新しいものにすぐ乗り換える。

「……それでかぁ」

ぼくの中で、ピンとくるものがあった。コンビニに行くと、近ごろ妙に野菜がたくさん置いてあるなと思っていたのだ。全然知らなかったけど、あれは若者の野菜需要《じゅよう》に対応してのものだったのか……。

自分のまったく気づかぬうちに若者たちの世界が築かれていたということに、ぼくはただただ驚愕《きょうがく》した。

と、思いつきで言ってみた。

「野菜スマホがあるのなら、果実スマホもあるんですかね？」

「ありますよー」

にこるんは言う。

「ちょうどこないだ果物専用のシムカードが発売になって、ストアの前とか、すごい行列でしたねー。わたしもいま、めっちゃ欲しくて。恋したいですし」

「恋？」

「バナナスマホで恋しようっていうのやってるんですけど、たぶん検索すると出てきますよー」

「はあ……じゃあ、ちょっと」

ぼくは自分のスマホを取りだして「バナナスマホ」と調べてみた。「バ」と打っただけで検索候補にあがってくる。

「これかな……カップルにオススメ、バナナスマホ……」

適当なサイトをタップすると、こんなことが書かれてあった。

――バナナを束で買ってきて、カップルでひとつずつもぎとってスマホ化します。すると、二つのバナナスマホは反応しあって、お互いの気持ちをたしかめあうことができるのです――

読み進めると、こんなことも書かれている。

――二人の気持ちが通じ合っていればバナナスマホは完熟して、トロピカルな香りを放って二人を甘い世界にいざなってくれます。電波の調子もよくなって、相手の声もクリアに聞こえてくるのです――

ですが、と、こうつづいている。

――二人の気持ちが冷めていけば、バナナスマホはどんどん緑になっていきます。やがては硬い黄緑色《きみどりいろ》に変わり果て、二人の別れとともに用済みとして捨てることになるでしょう――

「ある意味、怖いですね……」

「それがいいんですよー」

にこるんが言うのなら、いまの若者たちにとってはそういうものなのかなぁと思わされる。

と、そのとき。

「ん？」

なんとなくネットサーフィンをつづけていると、サイトのひとつに気になるコメントが見つかった。

「あの、藤田さん、掲示板にこんなことが書かれてますけど……」

ぼくはそれを読みあげる。

「愛し合っていたのに、バナナスマホのせいで別れました」

「えっ、どういうことですか？」

今度はにこるんのほうが困惑して、ぼくはつづきを読んでいく。

「えっとですね……この人のバナナスマホはラブラブで完熟状態になってたらしいですね。でも、そのうちさらに熟していって、ついには黒くなって腐《くさ》りだしたと書いてあります。最後はハエにたかられて、どっちのせいでこんなことになったんだってケンカになったと……それで別れたみたいですね……」

会議室に妙な空気がしばし流れた。

「うん」

やがて、にこるんは笑顔になった。

それなら、と、きっぱり言う。

「バナナは食べるだけでいいかな」

谷原章介

大黒柱

俳優の谷原章介《たにはらしょうすけ》さんとお会いしたのは、夏も盛《さか》りのころだった。

その日、行きつけのバーで谷原さんの到着を待っていたぼくは、凄《すさ》まじい緊張感に包まれていた。

映画にテレビ。これまで画面の向こうでしか見たことのなかった方が、いままさに目の前に登場しようとしている……。ぼくは落ち着きなく、立ったり座ったりを繰り返した。

個室の扉《とびら》が開いた瞬間、勢いよく立ち上がってそちらをバッと見た。

「初めまして」

そこには、見上げんばかりの長身の人が立っていた。

うわあ……。

心の中で、のけぞった。いや、実際に身体《からだ》ものけぞっていたかもしれない。

単に背が高くてスタイルがいいだけではなかった。圧倒的なオーラ。輝かしい存在感。

か、かっこいい……。

差しだされた大きな手を必要以上に強く両手で握り返し、ぼくは来てくださったことへのお礼を何度も述べた。

「そうだ、田丸さん、忘れないうちに」

席につくなり、谷原さんは紙袋を取りだした。

「昆虫、お好きなんですよね？」

突然、なんだろうと思いながら、ぼくは答えた。

「ええ、はあ、まあ……バッタは苦手ですが甲虫類《こうちゅうるい》なら……ですが、どうしてご存《ぞん》知《じ》なんですか？」

「エッセイで拝読したんです」

「ええ！　本当ですか⁉」

小説作品だけでなく、まさかエッセイまで読んでくださっていたなんて……。

ぼくは緊張に加えて嬉《うれ》しいやら恥ずかしいやらで、自分の感情がよく分からなくなってきていた。

谷原さんは、紙袋をこちらへやりながら言った。

「それで、もしよければと思いまして。かえってご迷惑になるかなとも思ったんですが」

「なんでしょう……?」

紙袋を覗《のぞ》きこみ、ぼくは、あっと声をあげた。

「クワガタじゃないですか!」

中に入っていたのは、虫籠《むしかご》だった。そしてそこには、黒光りする立派なクワガタが入れられていたのだった。

「うわぁ……ぼく、クワガタ好きなんですよ。でも、いただいてしまっていいんですか?」

「もちろんです。つまらないものですが」

谷原さんは素敵な笑顔で頷《うなず》いた。

思いがけないプレゼントに高揚《こうよう》しながら、ぼくはそれを足元にしまった。

そして谷原さんへと向き直り、改めて自己紹介をした。谷原さんもご丁寧に応じてくださって、それがきっかけになり、話は徐々に膨《ふく》らんでいった。

仕事の話、趣味の話、本の話。

俳優さんから直接お仕事のことを聞くのは刺激的だったし、谷原さんもぼくの話に興味深く耳を傾けてくださった。古着、バイク、サーフィンなど、多趣味な谷原さんは、落ち着いた声で、でもとても楽しそうに、それらの魅力を語ってくれた。

本についての話も、おもしろかった。谷原さんは時代小説からSFまで、じつに幅広いジャンルの本を膨大《ぼうだい》に読まれていて驚いた。お忙しいのに、いったい、いつ読んでいるのだろう。尋《たず》ねると、撮影の隙間《すきま》時間で読んでいるのだという。自分なら、本と演技の内容がこんがらがってしまいそうなのにと、ぼくはすっかり感服した。

谷原さんの気さくなお人柄のおかげで、初対面にもかかわらず話はとても盛り上がった。

お酒も進み、時間が経《た》つにつれて場はいっそう温まっていった。

やがて話題は、あるテレビ番組のことに及《およ》んだ。

それは、ぼくを特集してくださった番組で、ぼくは即興で谷原さんをテーマにした物語を披露《ひろう》したのだ。谷原さんとお会いできることになったのも、その番組がきっかけだった。

「いやあ、あのときは本当に冷や汗をかきました。じつは、台本にもなかったことだったんです」

当時のことを振り返りながら、ぼくは言った。

「まさか、あんな展開になるなんて……。なんとかまとまって、よかったです。でも、失礼な内容じゃなかったでしょうか……」

「いえいえ、とんでもない。本当にありがたいことですよ」

谷原さんは穏やかに微笑《ほほえ》んだ。

その番組では、即興創作に当たり、レポーターの方に谷原さんの特徴をあげてもらったのだった。

「そうですねぇ……優しい、背が高い、子煩悩《こぼんのう》、家族思い……あとは、大黒柱《だいこくばしら》」

その最後の言葉で、ぼくは閃《ひらめ》いた。

大黒柱！

もしも谷原さんが、本当に「大黒柱」だったなら？　ぼくは、そういう空想話を思いついた。

谷原さんの、歴史を積み重ねてきたような、深みのある魅力。それは、もともと谷原さんご自身が歴史ある古民家《こみんか》の柱だったからなのではないだろうか。年齢は四十代。だが、柱としての実年齢は二百歳で、百六十歳くらいのときに自我《じが》が芽生えて人としての道を歩みはじめた。そしていま、古き良き日本の柱を残すため、次期大黒柱の子供たちを育てている……。

我ながらめちゃくちゃな話だなぁと思いながら、当時のことを振り返った。しかもその即興を受け、谷原さんはこんなふうに返してくれたのだから感激した。

「いやいや、ぼくなんてシロアリに食われてるくらいのものですよ。早く次の大黒柱を見つけないと倒れてしまいますねぇ」

鋭い切り返しに、さすがだなぁと思ったものだった。

そして、その谷原さんが、いま目の前にいる。改めて、不思議だなぁと感慨に似た思いが湧《わ》きあがった。

と、そのときだった。谷原さんの目が、ギラリと光ったように見えた。

「田丸さん」

谷原さんは、おもむろに口を開いた。

「じつはですね、そのことについて大事なお話があるんです」

神妙な面持《おもも》ちに、ぼくは少し不安になった。やはり、何かテレビでマズイことを言ってしまったのだろうか。失礼があったのなら、すぐに謝ろう。怯《おび》えながら、ぼくは聞いた。

「なんでしょうか……」

するとと谷原さんは、少し間をあけてから妙なことを口にした。

「よくお分かりになりましたね」

意味が分からず、ぽかんとしてしまった。

「お分かりに？　何のことでしょう……」

「いえ、自分で言うのもアレなんですが……」

一瞬、場は静かになった。

ぼくは息を呑《の》んで、次の言葉を待った。

谷原さんは、低い声で、はっきり言った。

「ぼくは本当に、大黒柱なんですよ」

耳を疑う思いだった。でも、なるほどと、すぐにその意味を理解してフォローした。

「もう、やめてくださいよ、谷原さん。危《あや》うく真《ま》に受けるところだったじゃありませんか。真剣な顔で冗談《じょうだん》をおっしゃるなんて、反則ですよ」

ぼくは酒を口にしながら笑った。自分の空想に話を合わせてくれるなんて、本当に優しい方だなぁ。そう思って、ますます谷原さんを好きになった。

が、谷原さんに笑みはなかった。

「田丸さん、それが冗談なんかじゃないんです」

「え……？」

「ぼくは正真正銘《しょうしんしょうめい》の大黒柱なんですよ。もちろん、厳密には田丸さんがつくってくださったお話とは少し違います。ただ、大枠《おおわく》では事実なんです」

その表情を見れば、冗談などでないことは明白だった。

ぼくは開いた口が塞《ふさ》がらなかった。

谷原さんは、まっすぐこちらを見つめながら語りはじめた。

「ぼくたち大黒柱と呼ばれるたぐいの人間は、ふつうの人と見た目に変わりはありません。ですが、中身は樹木《じゅもく》そのものと言いますか、脳のある樹木みたいなものなんです。身体の中に流れているのは血液ではありませんし、生きるために、ふつうの人よりもたくさんの水を必要とします。火にも弱くて、特に乾燥する冬は気をつけなければなりません。

ぼくたちの身体は成長するにつれてだんだん樹木に近づいていって、成人するころには身も引き締まり、高くてどっしりとした柱の形になります。そして完全に変化し終えたそのときから、柱としての務めがはじまるんです。つまりは家屋が建つときに家の肝《きも》となる場所へとあてがわれて、大黒柱になるんですよ。

大黒柱としての役割は、家が取り壊されるその日まで、ずっとつづきます。そこに住む家族を陰《かげ》で支え、ささやかながら彼らの幸福を願う。ときには背丈《せたけ》の高さを刻まれたりしながら。ときにはカッターやペンで落書きをされたりしながら。

そして家がなくなるときに、ぼくたちは務めを終えるんです。取り外されて倉庫で寝かされるうちに柱からまた人間の姿へと戻っていって、あとはふつうの人間として余生を送るんです」

谷原さんはつづける。

「人間の姿に戻っても、大黒柱としての力は消えずに残るものでしてね。自分で言うのは憚《はばか》られるんですが……ぼくたちの存在はいろんな場を支えて、安定化させることに役立つんです。ときどき、この人がいるとなぜだか落ち着いて仕事ができる、という人がいるでしょう？　そういう人は、元は柱であることが多いんですよ。

そんな具合で、田丸さんのご指摘なさった年齢の話も、間違いではないんです。ぼくたち大黒柱は、人間としての年齢と実年齢が違いますからね。正直、田丸さんに当てられたときは、どきっとしましたよ。ぼくの本当の年齢は、まさしく二百歳なんですから」

どきっとしたのは、こちらだった。

谷原さんは二百歳……。

言いだしたのは自分のほうだったにもかかわらず、いざ面と向かって事実として突きつけられると、正気を保つのでやっとだった。

「……でも、あれですね」

何か言わねばと、ぼくはなんとか口を開いた。

「大黒柱というものは、都会ではマンションばかりでなかなかお目にかかれませんよね……」

都会と言わず、日本全国、大黒柱はどんどん減っているのではないだろうかと、ぼくは思った。自分の愛媛《えひめ》の実家にしても、そうだ。祖父母の家にも、あったかどうか定《さだ》かでない。

「そうなんです」

谷原さんは悲しげな目をした。

「いまでは日本家屋は廃《すた》れてしまって、ぼくたち大黒柱の需要《じゅよう》もすっかり減ってしまいました」

ですが、と、谷原さんは言った。

「最近になってようやく、伝統的な家屋が見直されるようになってきましてね。またいつか必ず、大黒柱が求められる日がやってくる。そう信じて、ぼくは日々、後継者の育成に精をだしているというわけです。もちろん、自分が先にシロアリにやられてしまわないよう、健康には十分気をつけながら、ですけどね」

谷原さんは再び明るい表情になり、にやりとした。ぼくは改めて、この人が好きだなぁと思った。

「その後継者とは、お子さんのことですよね？」

ぼくは言った。

「たしか三男三女の六人ですよねぇ。そんなにたくさんの後継者を一度に育てるだなんて、大変じゃありませんか？」

陳腐《ちんぷ》なぼくの質問に、谷原さんは笑顔で答えてくれた。

「ははは、それはもう、大変ですよ。ただ同時に、楽しく、生きがいでもありますね。子供たちには、その場にいるだけで誰《だれ》かを安心させられるような、そんな素敵な柱に育ってほしいものですよ」

大丈夫です。きっと、そうなります。谷原さんのお子さんなら。

ぼくは心の中で呟《つぶや》いた。

「そうだ、長話ついでに、もうひとつ」

谷原さんは、思いついたように口を開いた。

「さっき田丸さんにプレゼントさせていただいた、アレですが」

「アレと言いますと……クワガタのことですか？」

ぼくは足元に置いた紙袋を見やった。

「ええ、じつはあのクワガタも、いまの話と深く関《かか》わっているんです」

ぼくは首を傾《かし》げながら、どういうことかと尋ねてみた。

「あれは、うちの子供が捕まえてきたものなんですよ」

「お子さんが……？」

「もっと言うと、捕まえてきたというよりは、寄ってきたといいますか」

「はあ……」

ぼくは、考えを巡《めぐ》らせた。

谷原さんのお子さんは、いまは柱になる前の樹木の段階なのだろう。ということは、虫がお子さんのことを樹木と勘違いして寄ってきた。そういうことだろうか……。

しかし、谷原さんは首を振った。

「そうではないんです。いま、うちの子供たちはやんちゃ盛りで。外で元気に遊び回るのはいいんですが、よく転んではケガをするんです」

谷原さんはつづけて言った。

「ぼくたち大黒柱の場合、傷口から流れでるのは血液ではなく樹液でしてねぇ。転んだ子供の膝《ひざ》を舐《な》めにきたのが、そのクワガタなんですよ」

大原さやか

声の渚で

ベッドの中で「月の音色」から流れてくる心地良《ここちよ》い声に身を委《ゆだ》ねながら、ぼくは瞼《まぶた》の裏に広がる空想世界の中を駆ける。あらゆる因果《いんが》から解き放たれて、のびやかな気持ちに包まれる——。

ネットラジオ「月の音色」は、声優・大原《おおはら》さやかさんによる朗読番組だ。拙作《せっさく》を初めて朗読してくださったのは大原さんで、その番組が「月の音色」だった。

以来、大原さんとはプライベートでお付き合いさせていただいていて、ぼくは大原さんを「さあやさん」と、大原さんはぼくのことを「マルマル」などと呼ぶほど親しくさせてもらっている。けれど、いや、だからこそか、さあやさんからは、まだサインをいただけていない。切りだすタイミングを逃《のが》してしまい、いまではご一緒したイベントで「月の音色」のロゴ入りサイン色紙をもらっているファンの方々を横目で見て、いいなぁなどと思っている。

さあやさんのお仕事は声優からナレーションまで多岐《たき》にわたり、特に自動音声では関東圏に住む人ならばほとんど誰《だれ》もが声を耳にしているはずだ。

京王電鉄や江ノ電などの駅のアナウンスとして。あるいは銀行のＡＴＭや、携帯電話の音声ガイダンスとして。

その声は、人々の日常生活に自然と溶けこんでいるのである。

「ナレーションは耳に入らなくちゃダメですし、逆に耳に障《さわ》ってもダメなので、奥が深いんです」

さあやさんから、そう聞いたことがある。

もちろんナレーションだけではなく、声優のお仕事も簡単ではない。声帯だけ良ければいいわけでは決してなく、心と身体《からだ》のすべてをかけて挑まなければ命の宿った良い声は生まれないのだと伺《うかが》った。

さあやさんの声は、包みこんでくれる声だなぁと、ぼくは聞くたびに思う。自分がまだお腹《なか》の中にいたときに聞いていたはずの、母親の声のような。遺伝子レベルで組み込まれている、安心感を引きだしてくれる声のような。

その声を聞いていると、ぼくはなんだか波打ち際《ぎわ》で寝転がっているような感覚になる。声の波は身体の髄《ずい》まで浸透していき、母なる海のごとき懐《ふところ》の深さで優しく包みこんでくれる。

いつか、さあやさんに聞いてみたことがある。どうして朗読をはじめるようになったのか、と。

「本という大好きなものを広めることに、朗読を通して少しでも貢献したいんです」

さあやさんは小さい頃《ころ》からずっと本に親しんできて、本に育てられたようなものだという。そんな中で声のお仕事をするようになり、余計に朗読で本の素晴らしさを伝えたいと思うようになっていった。

あれも読みたい、これも読みたい。朗読番組の実現を夢見ながら、好きな作品を自分の中で蓄積《ちくせき》しつづけてきた。

そしてついに念願叶《かな》い、朗読番組「月の音色」がはじまった。

「朗読はライフワークなんです」

いきいきと目を輝かせながら、さあやさんは言う。

「だから『月の音色』は、わたしの支えでもあって」

さあやさんは、こんなことを語ってくれた。

朗読ならば力量次第で、老若男女《ろうにゃくなんにょ》、どんな人物でも演じることができてしまう。

それどころかだ。ネコだって、宇宙人だって、声だけで何でも表現することができる。

朗読は無限の可能性を秘めている——。

朗読番組をはじめてから余計にそう思うようになり、またいっそう、読むのが楽しくなったのだという。

ぼくはお話を伺ったとき、自分の活動にも通じるものがあるなぁと思ったのを覚えている。創作も、同じようにすべてが自由だ。そこには常識や物理法則の縛《しば》りもない。足枷《あしかせ》は、自分の中の固定観念ただひとつ。それを断ち切ることができたなら、極上の世界が待っている。

「だからこそ、わたし、朗読のときのBGMとか『間《ま》』とかにもこだわりが強くて。自分できちんと納得できたものだけを、みなさんにお届けしたいんです」

でも、と、さあやさんは笑みを浮かべる。

「わたしの番組を聞いてると、いつの間にか眠ってしまう人も多いみたいで」

「……ちょっと分かる気がします」

ぼくは思わず頷《うなず》いた。

「えっ、マルマルも？」

「波の音みたいなお声を聞いてると、だんだん静かな気持ちになっていくといいますか……」

ベッドに寝転がりながら「月の音色」を聞いていると、その、声の波打ち際ともいうべき状況に浸《ひた》りながら、いつしか眠りについてしまっていることがある。単調というのとはまた違う、規則的に静かに繰り返される声の波……。

「波の音!? それじゃあ」

不意に、さあやさんが弾《はじ》けるような声をあげた。

「アレも、マルマルのところに届きましたか!?」

「アレ……？」

瞬間、さあやさんは「あっ」と身体を引っこめた。

「ってことは……」

まだ届いてはいないんですね、と、つづけて言う。

「それなら、届いてからのお楽しみということで……」

ぼくは聞かずにはいられなかった。

「なんですか!?　教えてくださいよ！」

ふふ、と、さあやさんは静かに微笑《ほほえ》む。

ちょっとだけ教えてあげると――。

「さっきマルマルが言ってくれた、波っていうのがヒントかな。わたしの声、本当に波みたいな性質を持ってるんです」

「波……？」

「自覚したのはこのお仕事をするようになってからなんですけど、それが分かってから楽しみが増えちゃって。夜な夜な心をこめてつくっては、届けばいいなって声に乗せて送りだしてるんです」

「送りだす？　何をです？」

それは秘密だと、さあやさんはまた微笑んだ。

「ときどき『月の音色』のリスナーさんからも、さあやさん届きました、なんてメッセージをいただくんです。そういう意味ではリスナープレゼントみたいなものかもしれませんね」

「はあ……」

「ふふ、いつか届くのを楽しみにしててくださいっ！」

ますます謎《なぞ》が深まり、ぼくは首を傾《かし》げるばかりだった。

が、粘ってみても秘密は秘密で押し通されそうだと諦《あきら》めて、話題を変えることにした。

波といえば、と、ぼくは言う。

「さあやさんの声にはリラックス効果がありそうですし、なんだか胎教《たいきょう》にも良さそうですねぇ」

「あ、それいい！」

さあやさんは手を叩《たた》いて声をあげる。

「胎教は、まだやったことないです！」

「これは大人になってから聞いた話なんですけど、ぼくも生まれる前から母親に読み聞かせをよくしてもらってたらしいんです。それが良かったのかどうかは分かりませんけど。そういえば、さあやさんの朗読って、クラシック音楽みたいでもありますよね」

それに、と、ぼくはつづける。

「子供の寝かしつけにもよさそうですね」

まだ文字が読めない子供にとって、朗読は物語に親しむ最良の方法だろう。そこにさあやさんの声が加われば、想像力を育《はぐく》みつつも穏やかな眠りへと自然に誘ってくれるという、一石二鳥の効果が生まれるのではないだろうか。

「ちなみに、さあやさんってゆっくり過ごすの、お好きですか?」

何となく感じ取り、ぼくは尋《たず》ねる。

「よくお分かりで! じつはそうなんです」

京都が大好きで、と、さあやさんは言う。

「京都検定二級を持ってるくらい好きなんですけど、京都のお寺で庭をぼんやり眺《なが》めたりしてると、気づいたら何時間も経《た》っちゃってたなんてこともよくあります」

「何時間も!?」

「マルマルはないんですか?」

「ぼくはせっかちなので……」

苦笑しつつ、そうか、と思う。

「あ、でも、ぼくは海が大好きなので、たしかに海だったらいつまでも眺めていられるかもしれません」

「たぶん、同じ感覚だと思いますよ！」

それにしても、と、ぼくは思う。

さあやさんは、たしか着物や和菓子もお好きだと言っていた。

お寺での話にしても、分かるなぁ、と内心で呟《つぶや》く。発する声に、ご趣味が、お人柄が、とても滲《にじ》みでているのだから。

——心と身体のすべてをかけて挑まなければ命の宿った良い声は生まれない。

さあやさんは、そう語られていた。

逆に言えば、そうして生みだされた声には、その人物のすべてが反映されてしまうということだ。すなわち声優とは、小手先だけでは通用しない、生き方自体が深く問われる仕事である。

凄《すご》いなぁ……。

分野は違えど同じプロの道を歩む者として、ぼくは感服《かんぷく》するばかりだった。

さあやさんは、朗読自体をもっと広めたいのだという明確な意志を持たれている。

「音due.《オンデュ》」というユニットを組んで、音楽の生演奏を添えた朗読ライブを精力的に開催されていたりするのはそのためだ。

さあやさんがライブで拙作を朗読してくれるのを聞いて、ぼくの本を手に取ってくれたという方もたくさんいる。

さあやさんの朗読を、ぼくはまた新しい物語を紡《つむ》ぐための糧《かて》にする。紡いだ物語をまた、さあやさんが音の波へと変えてくれる——。

ベッドに潜《もぐ》りこんで「月の音色」を聞くうちに、ぼくはぼんやりしはじめる。

寝室は、さあやさんの声の波で満たされている。寄せては返すようなその声は心地良く、次第に意識の輪郭《りんかく》はぼやけだす。

寝落ちしたら、途中から聞き返さないとだな。

そんなことを考えているうちに、波の音は遠ざかる——。

目が覚めると、カーテンの隙間《すきま》から朝陽《あさひ》が差しこんでいた。

ああ、やっぱり寝落ちした。

今度お会いしたときに報告すると、からかわれるかな。そんなことを思いつつ、ぼくは身体をゆっくり起こす。

そのときだった。枕元《まくらもと》でキラリと光るものが目に入った。

拾いあげると、それは小さな瓶《びん》だった。

中に何かが入っている。不審に思いながらも、ぼくは慎重にコルクを抜いてそれを取りだす。くるくるに巻かれた和紙を広げると、こんなことが書かれてあった。

いつも聞いてくれてありがとう。さあや

しばらく困惑していたけれど、不意にさあやさんの言葉がよぎった。

――夜な夜な心をこめてつくっては、届けばいいなって声に乗せて送りだしてるんです。

声の波……送りだす……いつの間にか届いた小瓶……。

もしかして、と、ぼくは思う。

想《おも》いをこめた手紙を瓶に詰め、海へと送りだすように――さあやさんは感謝の気持ちを綴《つづ》った手紙を瓶に入れ、自らの発する声の波に運んでもらっているとでもいうのだろうか……？

いやまさか、そんなことをどうやって……。

自分で勝手に想像しては打ち消すことを繰り返すうちに、ぼくは「あっ」と声をあげた。ベッドのそばの床の上にも何かが落ちているのに気づいたのだ。

声の波に運ばれて、小瓶と一緒に打ち上げられたとでもいうのだろうか。

床の上には、「月の音色」のロゴが入ったサイン色紙が落ちていた。

橘ケンチ

ヘッド・リバー

ＥＸＩＬＥの橘《たちばな》ケンチさんと初めてお会いしたのは、都内の居酒屋でだった。

そもそもの出会いのきっかけは、ぼくのラジオ番組に劇団ＥＸＩＬＥの秋山真太郎《あきやましんたろう》さんが来てくださったことにまで遡《さかのぼ》る。その日、秋山さんは番組の中で、ぼくの作品を朗読してくださることになっていたのだ。

朗読に立ち会ったあと、ぼくは少しだけ秋山さんと話す機会をいただいた。これは後で分かったことなのだが、そのとき秋山さんとぼくは、互いに並々ならぬシンパシーを感じていたらしい。ゆえに自《おの》ずと話題はまた会いたいですね、となっていき、飲み会はすぐに実現した。以来、ぼくは秋山さんと親しくさせてもらっているというわけだ。

その秋山さんから、ある日とつぜん連絡をいただいた。ＥＸＩＬＥのメンバーに本好きの方がいらっしゃって、偶然にもぼくのことを知ってくれているのだという。その方は、これまた偶然にも秋山さんとぼくの関係を知るに及《およ》んで、ぜひ会いたいと言ってくださっているとのことだった。

その人物こそが、ケンチさんだ。そして秋山さんがセッティングしてくださって、ケンチさんとの初会食が実現した。

実際にお会いしたケンチさんは、秋山さんと同じく思慮深《しりょぶか》くて情熱的な人だった。話の熱も高まって、いちいち深く共感させられ、ぼくはなんだかケンチさんと旧知の間柄であるかのように錯覚した。

そんなだから、今回の対談企画が盛り上がらないはずがない。実際に会うのは二回目なのにもかかわらず、ぼくは強い親近感の中、居心地のいい素敵な時間を過ごさせてもらった。

そのケンチさんの驚くべき秘密を知ったのは、対談後の控室《ひかえしつ》でのことだ。

「田丸さん、これを……」

そう言ってケンチさんが差しだしたのは、三枚のCDだった。

ジャケットを見ると、それぞれに「YEAH!! YEAH!! YEAH!!」、「Shut up!! Shut up!! Shut up!!」、「WILD WILD WILD」と記されている。

「ぼくがやってる、ＥＸＩＬＥ　ＴＨＥ　ＳＥＣＯＮＤのシングル三部作で」

「へぇぇ……」

かっこいいジャケットに見惚《みと》れていると、ケンチさんは言葉を継《つ》いだ。

「もしよかったら、どうぞ」

「えっ？」

「ぜひ聴いてください」

「いただいちゃっていいんですか……？」

「もちろんです」

ケンチさんは頷《うなず》いた。ぼくは恐縮しつつ、お言葉に甘えてありがたくＣＤを頂戴《ちょうだい》した。

と、ここまでは取り立てて風変りな話ではない。驚くべき事態は、そのあとに待ち受けていた。

「ちなみに田丸さん……」

ＣＤを眺《なが》めているぼくに向かって、ケンチさんが口を開いた。

「アユって、お好きですか？」

「はい？」

唐突な言葉に、ぼくは素《す》っ頓狂《とんきょう》な声をあげた。

「なんですって？」

しかし、ケンチさんは平然とした顔で同じことを繰り返した。

「アユです。川魚の」

「アユ……はあ、まあ、それなりには好きですが……」

ぼくがなんとか応じると、ケンチさんは微笑《ほほえ》んだ。

「それじゃあ、もしよかったら」

そう言うと、ケンチさんはおもむろに右手を頭のほうにもっていった。

次の瞬間だ。ぼくが目を疑ったのは。

ケンチさんは、あろうことか青いメッシュにウェーブのかかった髪の中に自分の手を入れたのだった。単に頭を掻《か》いたわけではない。その右手は髪の中に吸いこまれていき、瞬《また》く間に手首まですっぽり埋《う》もれてしまったのだ。

口を差し挟む暇《ひま》もなく、ケンチさんは突っこんだ手をすぐ取りだした。握られていたのは、一匹の黄味がかった魚——美しいアユだった。

「ご迷惑でなければ、どうぞ」

ケンチさんは躍《おど》るアユを片手に持って、ぼくのほうへと差しだした。不測の事態に言葉を発することができずにいると、ケンチさんはこちらの心境を読み違えたらしく、慌《あわ》ててこう付け加えた。

「あっ、すみません。袋に入れないと持って帰れないですよね」

そしてスタッフさんにお願いして、アユは用意されたビニール袋に入れられた。

さあ、どうぞ。

そう言わんばかりの笑顔を見せるケンチさんに、ぼくはおずおず袋を受け取った。

その中で、アユはピチピチ躍動している。ぼくはなんだか、子供のころにやったアユのつかみ取りのことを思いだして、少しだけ懐かしい気持ちになる――。

しかし、だ。

「あの、ケンチさん……」

ぼくは堪《たま》らず口を開いた。

「これって、いったい何が起こったんですか……？」

「え？　なんのことですか？」

不思議そうな顔を浮かべるケンチさんに、ぼくは自分のほうが変なことを言っているような気持ちになりながらも、聞いてみた。

「いえ、あの……どうしてアユが髪の中から出てきたのかと思いまして……」

「あっ、それですね」

ケンチさんは、何でもないことみたいにつづけて言う。

「半年くらい前ですかね。いまのこの髪型にしてからなんですが、ぼくの髪の右半分は川になったんですよ。ほら、形も川みたいでしょう？　ぼくは勝手に、ヘッド・リバーって呼んでますけど」

「ヘッド・リバー？」

ぼくはケンチさんの髪を、いま一度見た。

ウェーブのかかったその髪の半分は、たしかに川の流れを彷彿《ほうふつ》とさせなくもない。いや、それどころかだ。眺めるうちにケンチさんの言う通り、髪はだんだん川の流れにしか見えなくなってきた。青いメッシュは水の色という具合だ。

と、そう考えて、いやいやいやと、ぼくは慌てて首を振った。

髪が川？　まさか、そんなことがあるはずがない……。

けれど、眺めていると、やっぱり川みたいに見えてきてしまうのだ。

混乱状態のぼくに向かって、ケンチさんが言った。

「ははは、田丸さん、せっかくなんで触ってみますか？」

ぼくは少し躊躇《ためら》ったあと、怖々《こわごわ》と手を伸ばした。

「それじゃあ、ちょっと失礼します……」

指先がケンチさんの髪に触れた、そのときだった。ひんやりした感覚が走り抜け、ぼくは思わず手を引っこめた。見ると、指先には水滴がついている。

「どうですか？　信じてもらえましたかね？」

ケンチさんは、ぼくの反応に楽しそうな顔をしている。

「じつは最初は、うちのメンバーもさっきの田丸さんみたいに、このヘッド・リバーのことを全然理解してくれなかったんです。でも、実際に触らせてみたら、ですよ。いまじゃ逆におもしろがって自分から川に手を浸《ひた》したがるメンバーもいるくらいで、すっかり受け入れてもらえました。ちなみにライブとかのダンスで頭を振ると水が周りに飛び散ったりもしちゃうんですけど、それも受け入れてくれてます」

「なるほど……」

ですが、と、ぼくは尋《たず》ねる。

「髪が川になったのは、まあ、一応分かりましたけど……アユも同じときからですか?」

「そうですね」

　ケンチさんは頷いた。

「気がついたのは、楽屋でスタイリングしてもらってたときです。鏡越しに、髪から いきなり水がバシャッと跳《は》ねるのが目に入って。手を突っこんで探るうちに何かが触れて、咄嗟《とっさ》につかむと魚だったんです。スタイリストさんに聞いたら、アユじゃないかと教えてもらって。試しにスタッフみんなで焼いて口にしてみたんですけど、これがめちゃくちゃウマかったんです。で、味をしめて、その後もときどき手でつかまえては、ありがたくいただいてるんですよ」

「その……アユはどこから来るんでしょう」

「詳しいことは分からないんですけど、川を上ってここまでやってきてるみたいですね」

　ぼくは、おぼろげな知識を思い起こした。

　アユはたしか産まれてすぐの冬の間は海のほうへと下っていって、そこで子供時代を過ごすのだと聞いたことがある。やがて春が訪れると、流れに逆らい一斉に川を上りはじめる。

春先のアユは、ときどき水面から飛びだしつつ、猛烈に前へ進んでいく。そうして遡上《そじょう》したアユは川の上流で旬《しゅん》を迎え、秋になるとまた下流に戻って産卵する——。

ぼくはケンチさんからもらった手元のアユに目をやった。いまは冬で、本当ならばアユの旬は過ぎているはずなのだ。が、目の前のそれは痩《や》せ細ってなどまったくおらず、いかにも食べごろの逸品《いっぴん》のように思われた。

「……ヘッド・リバーのアユには、季節なんて関係ないんですねぇ」

呟《つぶや》くと、ケンチさんが応じてくれる。

「みたいですね。オールシーズン、旬ですよ」

ぼくは少し迷ったあと、思い切ってこう願い出た。

「あの、ケンチさん……ぼくもアユ取りをやってみたいんですが……」

話を聞くうちに童心《どうしん》をくすぐられ、心は躍りだしていた。ケンチさんなら、快諾《かいだく》してくれるんじゃないか。そんな思いもあって尋ねていた。

「もちろんです！」

ケンチさんは屈託《くったく》のない笑みを咲かせた。こういう気さくなところが、ケンチさんの魅力のひとつだ。

「それじゃあ、お言葉に甘えて……」

「ちょっとしたコツはいりますけど、どうぞご遠慮なく」

ぼくは近づき、髪のほうへと手を伸ばす。少し屈《かが》んでくれたケンチさんのヘッド・リバーに、今度は躊躇《ちゅうちょ》なく手を突っこんだ。

水の中を手探りして、アユらしきものが手に触れた——そう思った瞬間のことだった。

「痛っ！」

ぼくは反射的に手を引いて、指先に目を走らせた。なぜだか、人差し指からぷっくり血がにじんでいた。

「うわっ！　大丈夫ですか⁉」

慌ててスタッフさんを呼ぼうとするケンチさんを、ぼくは咄嗟に引き留める。

「大丈夫です！　ぜんぜん大したことありませんので！」

ただ、そうは言いつつ、ぼくは何が起こったのかまったくわけが分からなかった。

まさかアユが噛《か》みついたということはないだろう。それじゃあ、どうして傷などが……。

困惑の渦《うず》に巻かれていると、ケンチさんが切りだした。

「大丈夫ならよかったですけど……じつは最近、これに困らされてるんですよ。ぼくも何度か被害にあってて」

「どういうことですか……？」

顔を曇《くも》らせ、ケンチさんは口を開く。

「良いアユがいるからでしょうね。近ごろぼくの髪の周りに、釣り人がやってくるようになったんです」

「釣り人……？」

ケンチさんは浮かない表情のままこぼす。

「そうなんです。どこから聞きつけたんだか、ですよ。いま田丸さんの手に刺さったのは、その釣り人によるもので。アユ釣りに使われる針なんです」

秦佐和子

フリル菌

「体調管理とか、大変ですよね」

秦佐和子《はたさわこ》さんとのイベント直前、楽屋で雑談をしていたときのことだった。元SKE48の秦さんは、いまではアイドルを卒業し、声優として活躍している。

声が資本のお仕事ゆえに、話の流れで口をついて出た言葉だった。

「湿度とか、生活環境にも気を配らないといけないでしょうし」

作家であるぼくも、たしかに同じく身体《からだ》が資本の仕事ではある。けれど、作家というのはある程度、融通《ゆうずう》を利《き》かせやすい仕事なのには違いない。

その点、声優さんは喉《のど》をやられたら話にならない仕事である。自分ひとりだけでできる仕事でもないだろうから、気軽に休むこともできないはずだ。それを思うと、尊敬の念がこみあげる。

そんなぼくの質問に、秦さんは静かに微笑《ほほえ》みを返してくれた。

「いえいえ、体調管理は大切ですけど、慣れるとそんなに大変でもありませんよ」

「でも、食事面でも作家以上に気を遣《つか》いそうですね」

ぼくは大学時代の自炊生活で、食事のありがたさを身に染《し》みて学んだクチだ。食事ひとつで体調は大きく左右されるものだから、秦さんも苦労されていることだろうと思ったのだ。

「田丸さんは、ご自分でお料理とかされるんですか？」

秦さんに聞かれ、ぼくは答える。

「素人《しろうと》料理ですが、一応……まあ、最近はどうしても外食が多くなってしまってますけど、それでも野菜だけはきちんと摂《と》るようにしてますね。秦さんは、お料理は？」

「ときどきですけど」

か細い声で、秦さんは言う。

「得意料理とか、あったりするんですか？」

「そうですね、炊き込みご飯とか——」

と、不意に楽屋のドアがノックされ、スタッフさんが入ってきた。

そろそろ出番ですので。

それで会話は中断される形となり、ぼくたちは腰を上げてイベント会場へと足を運ぶこととなった。

イベントは、ぼくが不定期で開催している即興ライブというものだ。ゲストを迎えてトークをしながら、メソッドに沿ってアイデアを出すのだ。そして会場のお客さんも巻きこみながらアイデアを膨《ふく》らませていって、それらをパソコンでぼくが打ちこみ最終的にその場でショートショートを完成させる。即興で創作を行う、まさに「即興ライブ」というわけだ。

その今回のゲストが、秦さんだった。

イベントがはじまると、ぼくは秦さんの豹変《ひょうへん》ぶりに驚くことになる。

正直なところを言うと、楽屋での秦さんは、まるでガラスのお人形さんのように静かに微笑んでいるという印象だった。けれど、イベント開始と同時に何かのスイッチが入ったようで、秦さんは観衆を巧《たく》みに盛り上げトークを繰り広げる、快活な女性へと様変わりしたのだ。

あまりの変貌《へんぼう》ぶりに呆気《あっけ》にとられ、ぼくは思わずもらしてしまった。

「あの秦さん……失礼ですけど、なんだか楽屋とは雰囲気が全然違いませんか……?」

「えっ!?」

「いえ、てっきり、ガラスのようにすごく繊細《せんさい》な方なのかと……こんなに大胆で活発な方だとは思いませんでした」

「なっ！　わたし、ガラスですよ、ガラス！」

会場から、どっと笑い声があがる。

「……なるほど、防弾ガラスというわけですね？」

「ちょっと！」

再び大きな笑いが起きる。

もちろんぼくは、そんな踏みこんだことをいつも言うわけでは決してない。瞬時に秦さんのお人柄を察したゆえのことだった。

そのときのぼくは、たしかに秦さんの知らない一面に驚いていた。が、同時にそんな秦さんも素敵だなと思い……いや、オブラートに包まず言うと、これはいじり甲斐《がい》があるなと本能で理解したのである。

その直感はどうやら当たっていたらしく、当意即妙《とういそくみょう》な切り返しが戻ってきて、こちらがまたそれを打ち返す。そんな気持ちの良い流れができあがっていった。

「秦さん、なんだか宣材写真とも雰囲気が違ってませんか？」

「あの、それ、どういう意味ですか？」

くすくすという笑いがもれる。

「いえ、最近のデジタル技術は……」

「ちょっと！　やめてくださいっ！」

天性のものなのか、アイドル経験ゆえなのか、いずれにしても、ぼくは秦さんの力量に舌を巻いていた。堂々とした立ち回り、反応のよさ、言葉のチョイス。秦さん、すごいな……そう思わずにはいられなかった。

メインの即興創作を行うパートに入ってからも、秦さんの勢いは増すばかりだった。

即興ライブでは用意した方法にしたがって、最初に「不思議な言葉」というのをつくる。

秦さんが生みだしたのは「富国強兵《ふこくきょうへい》もやし」という奇妙奇天烈《きてれつ》な言葉だった。そしてそこから一緒に想像を広げていく……のがいつものやり方なのだけれど、秦さんは火がついてしまったようで、ひとりでアイデアがどんどん溢《あふ》れて止まらなくなった。

曰《いわ》く、「もやしを育てるバーチャルリアリティーのゲームがあるのだ」「主人公がレベルアップするると、育てているもやしが金色になる」「金色のもやしは現実世界に出現して、それを売るとお小遣いになる」などなど、秦さんワールド全開だった。

その後、膨《ふく》らみまくった発想をまとめるのにはちょっと苦労したけれど、なんとか無事に「富国強兵もやし」なる作品は完成した。そしてそれを、秦さんが素敵な声で朗読してくれる。お客さんは奇妙な物語に笑いながらも、真剣に耳を傾ける。

最後は会場から温かい拍手をいただいて、即興ライブは終わりを迎えたのだった。

楽屋に戻ってからも、高揚感はつづいていた。

「いやあ、秦さん、最高の時間でしたっ！」

ぼく自身もとても楽しく、充実した時間だった。

「こちらこそ、すごくおもしろかったです……」

か細い声で答える秦さんは、完全にガラスモードに戻っている。が、ぼくはイベントを通して秦さんのことが少し分かったような気がした。きっと、どちらの秦さんも嘘偽《うそいつわ》りのない本当の姿で、場面によって出てくる側面が異なっているだけなのだろう、と。

「ところで」

と、ぼくは話を変えた。

「その衣装、素敵ですね」

それはいじりではなく、本心からの発言だった。イベント後のサイン会でもファンの方々が同じことを言っていたので、ぼくも口にしてみたのだ。

「それに、かわいらしいフリルもついてますし」

言葉の通り、その衣装には襟元《えりもと》や裾《すそ》のところにフリルがたくさんついていた。

秦さんは面映《おもは》ゆそうに目を伏せた。

「ありがとうございます……」

そして、つづけた。

「衣装って悩ましいんです。なるべく年相応な雰囲気になるように心がけてはいるんですけど……フリルだけは特別で。マネージャーから若作りだっていじられたりもするんですけど、なんだか惹《ひ》かれるものがあって……」

「大丈夫ですよ、フリルもお似合いだと思います」

「そう言っていただけると……こだわりのフリルなのでうれしいです」

そのとき、ぼくは少しだけ違和感を覚えた。

こだわりの衣装と言うならば、すっと頭に入ってくる。けれど秦さんは「こだわりのフリル」と口にした。フリルだけ別でつけているわけでもあるまいし、どういう意味だろうと思ったのだ。

いやいや、考え過ぎかな。

そう思った矢先のことだ。秦さんが予期せぬことを言いはじめた。

「このフリル、じつは自分で育てたものなんです」

一瞬おいて、ぼくは答えた。

「……はい？」

秦さんは静かな笑みを崩《くず》さない。

「わたしが家で育てて服に生やしたものなんですよ」

ぼくは耳を疑った。

けれど、なるほど、とすぐに悟った。

「なんだ、そういうことですか」

ぼくは笑う。

「何をおっしゃるのかと思いましたよ。育てるって、さっきのもやしの話と掛けられてたんですね。真顔なんで本気かと思っちゃったじゃないですか」

まだライブの余韻に浸《ひた》っているんだな、ありがたいな……。

そんなことを思っていると、秦さんは首を振った。

「違うんです、田丸さん。わたし、ほんとに育ててるんです」

「はい？」

ぼくは再び変な声をあげてしまう。

「何をですか？」

「フリルをです」

秦さんは同じトーンで繰り返す。

「フリル……えっ、どういうことですか？　フリルを育てる？　えっ？」

狼狽《ろうばい》するぼくに向かって、秦さんは言った。

「フリルって、じつは自分でも育てることができるんですよ。わたし、フリル好きが高《こう》じてフリルの研究をしてるうちに、フリル菌《きん》を見つけたんです」

「フリル菌……?」

「キノコの菌の一種みたいです」

ぼくは秦さんワールドに翻弄《ほんろう》され、音《ね》をあげそうになっていた。

これは何かの冗談《じょうだん》だろうか。

が、秦さんの目は真剣そのものだ。それに、楽屋でぼくをからかったところで、得るものは何もない。つまりは事実を言っているということになってしまうが、それにしても——。

「えっと、じゃあ、秦さんのその衣装のフリルも、キノコ……なんですか?」

尋《たず》ねると、秦さんはやっと通じたかといった様子で笑顔を咲かせて頷《うなず》いた。

「ですです」

声の感じも、いつしかイベントのときの快活《かいかつ》なものへと変わっている。

「わたし、フリルが似合いそうな服を見つけてきて、フリル菌を付着させて家のクローゼットで育てるのが趣味なんです」

秦さんは言った。自分は家のクローゼットを改造して、フリルが育つにふさわしい特殊な環境をつくってフリル栽培をしているのだと。

効率よく光が当たるよう、試行錯誤して見つけ出した特注の照明をつけていたり。温度管理はもちろんのこと、湿度もコントロールできるようにしていたり。

その特別なクローゼットに、菌を付けた服をハンガーで吊《つ》るしておくのだという。

「ものにもよりますけど、二か月くらいで菌は立派なフリルに育ちます」

戸惑《とまど》いつつも、ぼくは言った。

「……ということは、けっこう前から服を用意しておかないといけないんですね」

「そうですね」

でも、と秦さんは言う。

「服って、だいたいシーズンの二、三か月前にお店に並ぶのが普通ですから、何の問題もありません。夏服は春の終わりくらいには出てますし、夏になると秋冬のものが出るものです。服を買うと、すぐに菌をつけてあげます。そうするとその服を着たい季節には、ちょうどフリルが育ってるって感じです」

「なるほど……」

理にかなっているなと、ぼくは思う。

「ただ」

秦さんはつづける。

「フリル付きの勝負服をつくるときは、もっと前から準備しなくちゃいけませんけど」

「勝負服？」

「フリルも、人工栽培で育ったものと自然栽培で育ったものとでは全然違うんです。天然もののフリルは別格ですよ」

フリルの自然栽培には、一年ほどかかるのだと秦さんは語った。

秦さんは、山奥の森の中に栽培用の土地を借りているらしい。そこで、パーティーなどのフォーマルな場に着ていく服へのフリル付けを行っているのだという。

自然の中ならどんな場所でもフリルが育つのかというと、そういうものではないらしい。直射日光が当たらない風通しのいい場所である必要があり、雨水もたっぷり浴びられなければならないのだ。

けれど、そうして手間暇《てまひま》をかけてつくられたフリルは、クローゼットでの人工栽培によるものよりも一味も二味も違ってくる。見る者に控《ひか》えめながらたしかな気品を感じさせ、単にかわいいだけではない高貴な印象を与えてくれる。独特の香りは、清楚《せいそ》で健康的な雰囲気を演出する。

「すごく興味深いものなので、田丸さんにも、ぜひ体験してみてほしいです！」

前のめりな秦さんに、ぼくは言う。

「いや……それはちょっとやめておきます……」

フリル付きのシャツやカーディガンを着ている自分を想像して、苦笑する。

ところで、と、ぼくは尋ねた。

「育てたフリルは、ずっとそのままなんですか？」

「いえ、残念ですけど、しばらくたつと古くなって枯れちゃいます。なので、そうなる前にフリルをもいで、またクローゼットで新しい菌をつけてフリルを育て直すんです」

フリルをもぐ……妙な言い回しがあったものだと思わず笑う。

「そのもいだフリルは捨てちゃうんですか？」

「まさか、もったいないので使いますよ！」

「えっ？」

いったい何に……。

「キノコみたいに食べられるんです。あ、これ、お渡しするのを忘れてました」

そう言って、秦さんはバッグの中から何かを取りだした。その透明な袋の中には、いろいろな色の干からびたものが入っていた。

「もいだフリルを干した、干しフリルです。せっかくなので、もしよろしければ」

渡されるままに、ぼくは受け取る。

「田丸さん、お料理されるんですよね？　それなら水で戻して、ぜひ使ってみてください。バター焼きとか煮物とか、キノコと同じように使えますので。あ、安心してください！　ちゃんときれいに洗って乾燥させてますから、衛生面は大丈夫です！　ちなみに、そのままでもいけますよ。わたしもＳＫＥ時代に小腹が空《す》いたとき、干しフリルをつまんだりしてました。ライブ中に、生のフリルをこっそりもいで食べたこともありますけど」

「はあ……ありがとうございます……」

まさかフリルを料理する日が来ようとは思わなかった。

「……ということは、秦さんもフリルを使ってお料理を？」

ぼくは聞かずにはいられない。

秦さんは、はい、と微笑む。

「ときどきつくるお料理に使ってます。そうだ、さっき出ていた得意料理の話にもつながりますね」

「得意料理……」

ぼくはイベント前の秦さんとの会話を思いだす。

「たしか、炊き込みご飯がお得意だとか……あっ！」

声をあげると、秦さんはつづきを引き取るように言う。

「そうなんです。わたしの得意な料理というのは——」

ただの炊き込みご飯ではなく。

「フリルの炊き込みご飯なんです」

尾崎世界観

怒りに油を

バンド・クリープハイプの尾崎世界観《おざきせかいかん》さんは、たとえるなら「血みどろのナイフ」だと思っている。

向きあうと否《いや》が応《おう》でもウソのない濃厚な本物感と対峙《たいじ》させられ、独特の緊張感が走るのだ。反射的に目をそらしたくなるにもかかわらず、強引に直視させられる。有無を言わさぬ魅力的な力によって。

人はそれを、カリスマと呼ぶのだ。

尾崎さんの生みだす楽曲は、多くの者を魅了する。憎悪や怒り、嫉妬心《しっとしん》の垣間見《かいまみ》える、アダルトで赤裸々《せきらら》な歌詞。そう、尾崎さんの楽曲は、いわば独特の――。

「世界観」

自ら芸名としてそう名乗っているのには、ちゃんとした理由がある。昔、尾崎さんの楽曲を聴いた人々から、こんなことを言われたのがきっかけらしい。

「独特の世界観がありますね」

あまりに繰り返し言われるものだから、尾崎さんは違和感を抱いた。

「世界観って何なんだよ」

その反発心から、本名の「尾崎祐介《ゆうすけ》」から「尾崎世界観」へと名前を変えたのだという。このエピソードひとつ取ってみても、いかに尾崎さんが尖《とが》っているのかが分かる。ぼくの「血みどろのナイフ」という表現も、一理あると感じていただけるのではないかと思う。

けれど、プライベートの尾崎さんはナイフをやみくもに振りかざしたりは決してしない。きちんと鞘《さや》に収められているというか、むしろ終始、穏やかな表情を崩《くず》さないのだ。特異なオーラは放ちつつ、会話の端々《はしばし》にもナイフの片鱗《へんりん》は見え隠れしているのだけれど、本質までは簡単に覗《のぞ》かせてくれやしない。口調や仕草の癖《くせ》なども、なかなか摑《つか》ませてくれないのである。

そのことを素直にご本人にお伝えすると、

「うれしいなぁ」

と、意味ありげに笑うばかりなのだ。

そんな尾崎さんから曲づくりの秘密を教えてもらったのは、何度かお会いした後の飲みの席でのことだった。話題はお互いの興味対象の話になって、そこでぼくは尋《たず》ねてみた。

「やっぱり尾崎さんは普段から楽曲に書かれているような、ある種の深い闇《やみ》を持った人に興味があるんですか？」

尾崎さんは、そうですね、と頷《うなず》いた。

「ぼく、振り切れてる人に興味があるんです。自分が振り切れてない人間なだけに」

「えっ、尾崎さんが？」

ぼくは、どちらかというと尾崎さんは振り切れている側の人なのだろうと思っていたので意外に感じた。

「結構コンプレックスなんですよ」

尾崎さんは言う。

「ギリギリの最後のラインを、ぼくは絶対に越えないいんです。というか、越えられないいんですよ。たとえば激怒して手が出たりすることも、借金地獄に陥《おちい》ることも絶対なくて。ちょっとでも振り切れそうな予感が湧《わ》き起こった瞬間に、いろいろ考えてしまうんです。あー、いま振り切れると後々面倒なことになるなーって。だから結局、ギリギリのところで留《とど》まってしまうんです」

それはある意味セルフコントロールの極致《きょくち》ではないかと思いつつ、ぼくは尋ねる。

「……でも、実際に振り切れてしまってる人には興味がある、と」

「そうですねぇ」

尾崎さんはつづけた。

「オカルトには全然興味がないんですけど、自分にとって振り切れてる人は宇宙人みたいなものなんです」

「宇宙人？」

「どんなものか気になって仕方ないんですよ。たとえば、パチンコをしてる間に車の中に放置した子供を死なせてしまった人とか、借金で首が回らなくなってるのにギャンブルをやめられない人とか。もう、理解不能じゃないですか。だからこそ、彼らがどんな人で、どんなことを考えてるのか、すごく気になるんです」

「人間の『業《ごう》』みたいなものに惹《ひ》かれるんですかね？」

「かもしれませんねぇ」

尾崎さんは微笑《ほほえ》みながらワイングラスに口をつけた。

「……ご自身の怒りの沸点《ふってん》は、どうですか？」

ぼくは聞く。

「正直なところ、尾崎さんの場合はあまり高くはない、というイメージですけど……」

「それはあると思います。日常的にチッと舌打ちしたくなることもよくありますしね。ただ、それほどみんなと違うってこともないんじゃないかと思いますよ。満員電車で無理やり後ろから押されたときとか」

「あー」

ぼくは頷く。

「瞬間的にイラッとしてしまいますねぇ……」

「ですよね。そういうイラッとしたことをちゃんと大事に覚えておいて、それを曲にしてるわけです」

「ははあ……」

嫌な記憶や思い出を作品に昇華《しょうか》することは、作家でも時おりあることだ。けれど、それに重きを置いたことは少なくともぼくの場合はあまりなく、尾崎さんの考え方はとても新鮮なものだった。

「やっぱり怒りは、曲づくりの鍵《かぎ》ですか？」

「ですね。人間って、一番早く反応する感情が怒りじゃないですか」

喜びでも感動でも幸福感でもなく、怒り。そう尾崎さんは語る。

「何かきっかけがあったときに、怒りだけは圧倒的に立ちあがりが早いと思うんです。逆に言うと、人間はそれだけ怒りに敏感な生き物だってことだと考えていて。そこをいかに拾えるかが、ぼくにとっての勝負ですね」

「それで普段から内に芽生える怒りを大事にされてる、ということですか……ちなみに、自分で怒りを取りにいくことはないんですか？　待ってるだけではなくって」

怒りが楽曲づくりの貴重な資源になっているならば、何があっても枯渇《こかつ》は避《さ》けたいところである。そして枯渇しないための最良の手段のひとつは、ぼく自身もアイデアづくりで心がけていることだけれど、内なるものに依存せず、自ら新しく資源をつくりにいくことだ。

「ありますよ」

尾崎さんは笑みを浮かべた。

「ぼく、自分で『言葉の当たり屋』だって表現してるんですけど、自分からふっかけていってて」

「ふっかける!?」

鋭い言葉に、声をあげた。

「ちょっとちょっと、怖いですって……」

せめてぼくに向けてはやめてくださいね、と、半ばジョークで、半ば本気で懇願《こんがん》する。

「はは」

どうとでも取れるような曖昧《あいまい》な笑みが返ってきて、ひやりとする。

まあ、と、尾崎さんは口を開いた。

「火に油を注《そそ》ぐっていいますけど、それでいうと、ぼくの場合は人の怒りにあえて油を注いで大きくしてるっていう感じですかね」

でも、と、尾崎さんは急に声を潜《ひそ》めた。

「昔は手を替え品を替えで、いろんなやり方で人の怒りに油を注いでみてたんですけど、あるものを手に入れてから、その作業はだいぶラクになりました」

「あるもの？」

「癇癪油《かんしやくあぶら》というもので」

「カンシャクアブラ……」

「癇癪持ちの癇癪に、油と書いて、癇癪油。これがそうなんですが」

そう言って、尾崎さんはバッグの中から何かを取りだした。透明な褐色《かっしょく》の液体が入った小瓶《こびん》だった。

それを照明にかざしながら、尾崎さんはつづける。

「これ、すごく変わった油で。人に掛けると、怒りを炎上させることができるものなんですよ。無意識下で燻《くすぶ》ってる怒りなんかにも作用して」

涼しげな顔の尾崎さんに、ぼくの背筋はすぅっと冷える。

言葉の当たり屋——その表現が頭の中でこだまする。

「待ってるだけじゃ、大きな怒りはやってきませんからねぇ。自分で仕掛けていかないと」

癇癪油はロシア産なのだと、尾崎さんは言った。

ロシアは喧嘩《けんか》っ早《ぱや》い国民性の国だと言われている。ちょっとした諍《いさか》いで暴力沙汰《ざた》になることも多いのだとか。そんなロシア人の体質を分析する中で生まれたのが、この油らしい。

「何なら田丸さん、いまつけてみます？」

無邪気そうに提案する尾崎さんに、ぼくは慌《あわ》てて首を振った。

お店の人か、お客さんか、自分自身か、はたまた目の前の尾崎さんへか——誰《だれ》に向かってかは分からないが、尾崎さんの話が本当なら、ぼくは何らかの火種《ひだね》を煽《あお》られて怒り狂うことになるのだろう。

しかし、である。もし尾崎さんが油を注いで怒りを大きくさせているのだというのなら、尾崎さんは本来存在しえなかったはずの怒りを不必要に生じさせていることにならないか？　それは倫理的に大丈夫なのだろうか……？

と、そこまで考え、いやいや、とぼくは思い直す。

尾崎さんは「言葉の当たり屋」の行為を通して、世の中の怒りを成仏《じょうぶつ》させているのではないだろうかと、そんなことを考えたのだ。

つまりはだ。

たとえ無意識下のものであっても、自分の内に怒りの感情が潜んでいると日常に少なからず影響が出るに違いない。そのイラつきが態度に出たりしてしまえば、周囲の人たちにも怒りが伝播《でんぱ》する可能性さえあるといえる。

怒りの感情は立ちあがるのが早いのだと、尾崎さんは分析していた。

いつ炎上するか分からない火種なら、下手に抱《かか》えているよりも、さっさと燃やし尽くしてしまったほうが結果的には良いのかもしれない。もっと言うと、尾崎さんの生みだす楽曲には負の感情が色濃く漂《ただよ》っているけれど、人がそれに強く惹きつけられるのは、自分の内なる感情を燃えあがらせて無に帰してくれるからではないか——。

ぼくは自分なりの憶測を尾崎さんにぶつけてみた。

「どうですかね」

尾崎さんは否定も肯定もしなかった。簡単に尻尾《しっぽ》を摑ませてくれやしないのだ。

「まあ、癇癪油をひとつあげますんで、ぜひその検証も兼《か》ねて試してみてくださいよ」

尾崎さんは笑いながら、小瓶をこちらに差しだした。

爆弾を渡されるような気持ちで、ぼくはそれを受け取った。

数日の間、ぼくは尾崎さんにもらった小瓶を持て余していた。

いったいどう使ったものか……。

道行く人に掛けてしまうのは簡単だ。けれど、そんなことをしてしまってよいものか。そもそも怒りの扱いに長《た》けた尾崎さんだからこそできることで、自分がやっても失敗しそうだ。いや、成功したところで、自分はそこから何を得れば良いのだろう……。

それに、すべては尾崎さんの冗談《じょうだん》である可能性も残っていた。尾崎さんの楽曲の効果は本物でも、油はただの油かもしれず、自分は掌《てのひら》の上で躍《おど》らされているだけかもしれないぞ……。

過剰なほどに頭を悩ませる日々がつづいた。

そしてその日も、ぼくは結論が出せずに小瓶を手で弄《もてあそ》んでいた。

もやもやと考えながら、何となく小瓶の栓を開けて嗅《か》いでみる。鼻を突く匂《にお》いがして、どうにも落ち着かないような、むしゃくしゃした気分になってくる。やっぱり油の効力は本物なのか――。

そのときだった。ぼくは「あっ」と叫んでいた。

手元が狂い、机の上に小瓶を落としてしまったのだ。

そして最悪の事態が待ち受けていた。小瓶の油が、そばにあった携帯電話に降りかかったのである。

やってしまった、携帯が――。

頭の中が真っ白になり硬直した。

と、次の瞬間だった。携帯が突然、次々と着信音を鳴らしはじめた。

不審に思って画面を覗くと、メールやメッセージが続々と届いているのが目に入った。それを読もうと、携帯を手に取る。油は中まで浸透していったのか、不思議とベトついてはいない。

怒濤《どとう》のように届くメッセージを開いていって、ぼくは呆気《あっけ》にとられてしまった。

そこに書かれてあったのは罵詈《ばり》雑言《ぞうごん》の嵐《あらし》だったのだ。

――信じられない。

――バカじゃないの？

――ありえない。

そんな言葉が連なっていたのである。メールやメッセージだけではなかった。SNSのタイムラインも同様で、自分に向けられた発言から他者へ向けた発言まで、怒りに満ちた言葉のオンパレードだった。

ぼくは慌てて、そのひとつひとつに弁明を書いて返信した。けれどそのうちついに音《ね》をあげて、鳴りっぱなしの携帯の電源を切った。

人の怒りに油を注ぐ――よりにもよって、油の効力をこんな形で知ることになるだなんて……。

疲れ果て、ぼくはベッドに突っ伏した。

しかし翌日、事態は一変することになる。恐る恐る電源を入れてみると、携帯は嘘《うそ》のように静かになっていたのである。

昨日のアレは何だったのか……履歴がなければ夢かと疑うほどだった。

が、ぼくはすぐに合点《がてん》した。

携帯に潜んでいた怒りの素《もと》は、癇癪油で煽られて余すことなく炎上した。そして一晩かけて、すべてが燃え尽きてしまったということだろう――。

ぼくは思う。尾崎さんは、やはり怒りの伝道師などではなく、怒りの浄化師であったのだと。

手元の携帯の画面には、憑《つ》き物《もの》が落ちたように穏やかで牧歌的な言葉が並んでいる。

村上健志

利子手帳

お笑い芸人・フルーツポンチの村上健志《むらかみけんじ》さんといえば、最近では運動が苦手な芸人さんとして知られている。その一方で名門大学出身の「インテリ芸人」としても有名で、趣味のひとつも短歌だという。

お笑いネタの持ち味は、村上さん演じるどこにでもいそうな「ウザい人」だ。バイト先にいそうな人、大学や会社にいそうな人。村上さんの手に掛かると、まるで本当に身近にいる人を見ているかのように錯覚して、笑ってしまう。けれど同時に、自分もそういう「ウザい」人間になっていやしないかと疑問を投げかけられるようで、ハッとしてしまうのだ。

そんな村上さんとのご縁ができたのは、都内某所でのイベントがきっかけだった。その共演のときに連絡先を交換し、以来、飲みに連れていっていただいたり、拙著の解説を書いていただいたり。

「村上さんが芸人を目指されたのは、どうしてなんですか？」

ぼくがこんな質問をしてみたのは、ある食事会でのことである。

出自で人を判断するのは愚かしいだろうけれど、村上さんの出身大学からすれば、周囲の多くは一般企業に就職しているはずだった。村上さんがあえてその道を選ばずに、芸人というお仕事を選んだのはどうしてなのか。ぼくは興味が湧《わ》いたのだった。

「ずっと、自分は人より劣《おと》ってるっていうコンプレックスがあったんです」

村上さんは答えてくれた。

「昔は、高校に行ったら変われるかも、大学に行ったら変われるかもなんて漠然《ばくぜん》と思ってました。でも、実際のところは結局何も変わらなかった。だから、このまま普通に就職しても人に劣ったままで変われやしないだろうなって」

村上さんは自分の中で、なんだか何かに負けつづけることが分かってしまった。芸人になれば、その負の輪から脱《ぬ》けだせるんじゃないだろうか——。

それで、いまの道を選択したのだと村上さんは語ってくれた。

けれどそう簡単には前に進めず、売れない時代がつづいたという。

「……それじゃあ、長い間ご苦労されていたんですね」

ぼくはありきたりのセリフを口にした。芸人さんの下積み時代の苦労話はよく耳にする。人によっては借金まみれの生活だったり、早朝から深夜までアルバイトに追われる日々だったり。

村上さんにも、やはりそういった極貧《ごくひん》時代があったのだろうかと想像した。

ところが、村上さんから返ってきたのは意外な言葉だった。

「いえ、ぶっちゃけ、そんな苦労はしてないんです。ぼく、お金に困ったことがなくて」

ぼくは、えっ、と反応した。お金に困ったことがない——ともすれば誤解を受けかねない表現にドキッとしたのだ。

村上さんには躊躇《ちゅうちょ》なくそう断言させるような、何か強力なバックがついていたのか。親御《おやご》さん、親戚《しんせき》、知人の資産家、経営者。もしくは報酬の大きな危ない副業に手を染めていた可能性も？

などと空想を広げるこちらに向かって、村上さんはシンプルに言った。

「ぼく、貯金が好きなんですよ」

「貯金？」

なんだか肩透かしをくらったようで、間抜けな声をあげてしまった。

「そうなんです。バイトの稼ぎを、ずっとコツコツ貯金してて。なので、売れない時代もお金で首が回らなくなるみたいなことは全然なかったですね」

貯金のおかげで、お金に困ったことはない。なるほど、道理に適《かな》ってはいるけれど——。

「でも、バイトだけでそんなにたまるものですか……？」

「たしかに大きな額ではなかったですけど、そもそもぼく、物欲がそんなになくて」

派手に遊んだりもしないんで。村上さんは、そうつづける。

「金銭感覚も、人とは違うみたいですね。たとえば、普通の人がブランドバッグを買って贅沢《ぜいたく》する感覚が、ぼくにとってはスーパーで三千円のものを買う感覚に近いんじゃないかって思います。ときどきあえて高いものを買うことはありますけど、基本的には入ってきた額をいかに使わないか。それを徹底してました」

「……めちゃくちゃストイックですねぇ」

ぼくは素直な感想をこぼした。

「何か、こう、その貯金には目的みたいなものがあったんですか？」

「それが、なくて。別に節約が好きなわけでもないんですよ。強《し》いて言えば、まさに貯金すること自体が目的でした。とにかく貯金の額が増えていくことに、ぼくは喜びを感じるタイプで。それはいまでもずっと、変わってませんね」

村上さんは、クレジットカードも一切使わないのだと口にした。何日でいくらくらい使ったか。それをきちんと把握するためには、現金に限るということらしい。

そこまで徹底しているのか……。

ぼくは感心しつつ、呟《つぶや》いた。

「それじゃあ、いまは芸人のお仕事で貯金額を増やすのが、村上さんにとっての楽しみになってるわけなんですねぇ」

そのときだった。村上さんの口調が変わったのは。

村上さんは、なんだか秘密を打ち明けるようなそぶりを見せて、声を潜《ひそ》めて口にした。

「それがですね田丸さん、じつはぼく、仕事の合間に別の方法でも貯金をコツコツ増やしてまして」

「別の方法？」

ぼくは首を傾《かし》げた。

「副業とかですか……？」

芸能界には、飲食店などを経営している人も多いと聞く。

「副業といえばそうなんですけど、たぶん、田丸さんの想像してるものとは違うと思います」

「はあ……」

「きっと見てもらったほうが早いでしょうね」

そう言って、村上さんは上着の懐《ふところ》に手を突っこんだ。丁寧に取りだされたのは、銀行の通帳に似た代物《しろもの》だった。

村上さんは機先を制するように言った。

「これは普通の通帳じゃないですよ。銀行が特別に発行してる利子手帳っていうものので」

「リシテチョウ？」

「見てください」

村上さんは、それを開いて差しだした。そこには日付と共に、こんな文字が記されていた。

受取利子――５３５円
受取利子――７４３円
受取利子――８９１円

「あの、これ、なんですか……？」

「ぼくのメイン口座から、利子だけを抜いてきて管理してる手帳です」

「リシって、その『利子』のことですか……」

ぼくはようやく考えが至った。

村上さんは、利子で貯金を増やしているということか――。

でも、とすぐに首を振る。

普通、利子の率は一％にも遠く及《およ》ばないものである。いくら高額のお金を銀行に預けようが、正直言って、利子の額は知れている。

村上さんは、その微々たる利子を積み立てることに楽しみを見出《みいだ》しているのか

——。

考えているうちに、わけが分からなくなってきた。

追い打ちをかけるように、さらなる言葉がぼくを襲った。

「田丸さん、ぼくはですね、自分の貯金に利子を産ませて、その利子たちをこの手帳の中で育ててるんです」

「は……？」

「利子という字は利益の子供と書きますけど、まさしく利子はお金の子供で。大切に育ててやると、どんどん大きくなりうるんですよ。あっ、ほら！」

村上さんは声をあげ、利子手帳なるものを指差した。ぼくは慌《あわ》てて視線を向ける。

村上さんの指の先には、ある金額が記されていた。

「いまちょうど、この利子の額が百円増えました！」

村上さんは興奮気味に小さく叫ぶ。

「あっ！　こっちも！」

今度はぼくも、その瞬間を目撃した。印字された利子の額が、まるでデジタル時計の表示のように一瞬にして変わったのだ。

どういう仕組みだろうと思う間もなく、村上さんは口を開く。

「そもそも利子は年に二回ほどしか生まれないものなんですけど、ブリーダーの資格をもっていれば銀行からの許可が出て、力量次第でたくさんの利子を産ませることができるんです」

「ブリーダー？　資格？」

「民間の資格試験があって。ほら、ぼくそういうの苦手じゃないんで勉強して」

頭の中に、インテリ芸人という言葉がよぎる。

「なのでぼくは、いま仕事の空き時間で利子ブリーダーもやってるってわけなんです。自分の貯金に利子を産ませて大事に育てて。大きくなった利子を貯金に加えて、またそこから利子を産ませて。その繰り返しですね」

平然と言う村上さんに、ぼくは唖然《あぜん》とするばかりだった。

あと最近は、と、村上さんはつづける。

「利子の取引もやってます」

ぼくはもはや、耳を傾けるのみである。

村上さんの話によると、同じ利子でも筋《すじ》の良いものと悪いものがあるらしかった。

良い利子は育てやすく、より大きな額に成長する可能性を秘めている。一方、悪い利子だと思うように育たずに、小さい額のまま変動しない。あるいは最悪、利子は衰弱して次第に額が減っていって、やがてゼロになる……どころか、マイナスになることさえあるという。

そんな中、村上さんが産ませる利子たちは質の高さで評判を呼んでいるとのことだった。噂《うわさ》を聞きつけた人からの問い合わせも多いそうで、大きく化けることを期待して、利子は現状の額面以上の金額で取引されているのだとか。契約が成立すれば、相手の口座に移す形でそれを譲る。

「質の高い利子を産ませるためには、口座の環境がキモなんです」

村上さんは言う。

「出費の激しい落ち着きのない口座だと、良い利子は生まれづらくて。そういう理由もあるんですよ。ぼくがお金を派手に使わないように心がけているのには」

「なるほどですねぇ……」

出費を抑えれば抑えるほど、口座の環境は良くなっていく。するといっそう優れた利子が生まれてきて、貯金はまた増えていく――。

「ちなみに田丸さん、知らない間に通帳に利子が書きこまれてることって経験ありませんか？」

「……どうでしょう、あるような、ないような」

「あれはですね、捨てられたり野生で生まれたりした野良《のら》利子が勝手に通帳に棲《す》みついてるんです。ほかの利子を威嚇《いかく》して追い払ったりすることもあるんで、気をつけてくださいね」

「はあ……」

ならば、捨てられた利子の里親募集なんかもあったりするのかなぁ。そんなことを考える。

妙な心境になり黙っていると、村上さんがぽつりと呟いた。

「でも、こうやって芸人として食っていけるようになって、利子ブリーダーにもなれて、やっとぼくは昔からのコンプレックスをちょっとだけ乗り越えられたような気がしてます」

村上さんは利子手帳を手に取った。そして懐にしまいこむ。

「田丸さんも利子を育ててみたくなったら、いつでも言ってくださいね。安く譲らせてもらいますし、うちの利子なら自信を持ってオススメできます」

なんてったって、と村上さんは胸のあたりをぽんと叩《たた》く。

「うちの利子には、銀行発行の血統書だってちゃんと付いていますから」

中嶋朋子

量子的な女

「わたし、どっちに座ればいいかなー？」

四人掛けのテーブル席の前で、女優の中嶋朋子《なかじまともこ》さんは言った。

「どっちでもいいんじゃない？」

向かいに座る中嶋さんのダンナさんの言葉に、ぼくも頷《うなず》く。

「同じく、どちらでも大丈夫ですよ。そちら側でも、ぼくの横でも」

中嶋さんは座席を交互に見比べながら、「じゃあ、こっちで」と、ダンナさんの隣に腰掛けた。居酒屋の個室で、ぼくは中嶋夫妻と向き合う形となった。

中嶋さんご家族とのお付き合いがはじまったのは、中嶋さんとのラジオ共演がきっかけだった。「北の国から」の蛍《ほたる》ちゃん役の中嶋さんと共演できるということで、当時は「北の国から」の熱狂的ファンである我が両親から、ひどく羨《うらや》ましがられたものだった。

その番組収録で、中嶋さんとの話は弾《はず》みに弾んだ。それで、ぜひ今度一緒にごはんでも、となったのだが、その場にダンナさんと息子さんも来てくださって、四人でワイワイ、刺激的な時間を過ごしたのだ。

あの日から、まだそんなに月日は経《た》ってない。にもかかわらず、あまりにみなさんと波長が合うので、いまでは何年もお付き合いしてきたかのような感覚になっている。中嶋さんご家族も同じ思いを抱《いだ》いてくださっているようで、ぼくは嬉《うれ》しさと同時にご縁というものの不思議さを感じずにはいられないのだった。

「今日はお二人だけなんですね」

いつもなら息子さんもいるのだが、今日はその姿が見当たらなかった。

「それが、塾なの」

聞いて残念がっていると、中嶋さんは、もしかすると途中から合流するかもしれないと言った。

中嶋さんはレモンサワー、ダンナさんは生ビール、ぼくはハイボールをそれぞれ頼むと、さっそくジョッキを重ね、飲みはじめた。

久しぶりにお会いするので、話したいことはたくさんあった。

最近読んだ本のことや、オススメの展覧会。仕事やプライベートの近況報告。

中嶋夫妻は好奇心旺盛《おうせい》、何にでも興味のある方々なので、ぼくの話に熱心に耳を傾けてくださった。中嶋夫妻は中嶋夫妻で、文学談義から宇宙論まで、いろんな話をしてくれた。

そんな中、話題が途切れたところで、ぼくは中嶋さんに向かって言った。

「でも、中嶋さんは、本当に不思議な方ですよねぇ」

「えーっ？　不思議って？」

きょとんとする中嶋さんに、ぼくは思うところをお伝えした。

「いやあ、いい意味で定まっていないというか、ひとつに留《とど》まっていないというか……いろんなことに興味をお持ちですし、お会いするたびに、どこかこう、毎回ちがって見えるんです。そういうところが、不思議だなぁと」

「なるほどー」

「曖昧《あいまい》な表現しかできませんが……なんだか雲をつかんでるような感じもあるんです。中嶋さんの本当の姿って何なんだろうなぁって、ときどき考えたりするんですよ」

「へぇえ、おもしろーい！」

中嶋さんは少女のような純粋な瞳《ひとみ》をしている。

「わたしの本当の姿かぁ、そうだなー、まあ、あってないようなものだからなー」

ぼくは、その言葉が引っ掛かった。

「あってないような……？」

「そうなの、そういう表現が一番近いんじゃないかなぁ」

真意を理解しかねて、ぼくは首を傾《かし》げた。

と、ダンナさんが口を開いた。

「それがね、田丸さん、うちの朋子さんはちょっと変わった体質なんですよ」

はあ、と、ぼくは呟《つぶや》く。

「朋子さんは量子的な人でしてねぇ」

「リョウシテキ……って、何ですか？」

ぽかんとすると、ダンナさんは意外そうな顔をした。

「あれ？　〝かしこ〟の田丸さんなら知ってるんじゃないですか？」

ダンナさんは、よくぼくのことを〝かしこい〟という言葉をもじってか、〝かしこ〟と呼ぶ。もちろんそれは揶揄《やゆ》ではなくて愛情のこもった呼び名だから、こちらもかえって気がラクで嬉しくもあるのだが、いまの論点はそこではなかった。

「あの、ぼくなら知ってるっていいますと……?」

「工学系の学科出身でしたよね? だったら、詳しいでしょう? 量子論のことは」

「あっ、なるほど」

ぼくは、ようやく合点《がてん》した。

「リョウシというのは、その量子のことだったんですね。それじゃあ量子的というのは、量子みたいってことですか?」

「さすが〝かしこ〟、呑《の》みこみが早い」

ダンナさんは言う。

「そうなんです、朋子さんは量子みたいな人なんですよ。だから、存在自体が確率的で。田丸さんが朋子さんに定まってないような印象を覚えるのも、そのせいでしょうね」

「存在自体が確率的……」

呟いて、ぼくは口を噤《つぐ》んだ。いくら工学系出身でも、卒業してから、もう何年も経っている。専門的な知識を思いだすのには時間がかかった。

たしか……と、ぼくは思う。

量子論の世界では、原子は粒子《りゅうし》であると同時に波でもあるという奇妙な状態になっていて、それが確率うんぬんの話と関係していたはずだった。

なんとも想像しづらいが、量子論では原子は観測するまで絶対に一カ所に定まることはなく、通常は、ある決まった範囲内に波のような状態で確率的に存在しているということらしい。つまりはその原子を観測していないとき——誰《だれ》も原子を見ていなければ、それはひとつの粒子ではなく波のようにぼんやりあたりに広がっている状態になっていて、「こっちで原子が見つかる確率がいくつ」「あっちで見つかる確率がいくつ」といった具合で見つかる位置も確率でしか記述《きじゅつ》することができないのだ。一方で、ひとたび人が観測すれば途端に原子は収束して、粒子として一カ所にぴったり落ち着くのだという。

これは何も原子の位置だけの話に限ったものではなく、ほかのあらゆる物体の状態においても当てはまるのだという解釈を聞いた覚えがあった。

ぼくは「シュレディンガーの猫」の話を思いだす。ある仕掛けの施《ほどこ》された箱の中に閉じこめられた猫は、蓋《ふた》を開けてたしかめるその瞬間までは、中で生きているかもしれないし、死んでいるかもしれない。猫の生死は、観測してたしかめるまで「かもしれない」という可能性でしか語れないというのである。いわば開ける前の箱の中には生きた猫と死んだ猫、それぞれが1／2の確率で同時に存在しているというわけで、ふつうの感覚からするとめちゃくちゃな話だと当時は思ったものだった。

しかし、それが量子論の世界なのだ。

そしてダンナさんによれば、中嶋さんは量子のような人だという。となると、中嶋さんは実体であると同時に波でもあって、どこにどんな状態でいるのかは、観測するまで確率でしか分からないということになる……。

「そうそう、理屈で言うと、まさしくそれです」

ダンナさんは嬉しそうに頷いた。

「それじゃあ、中嶋さんは誰かが見てないときは実体のない波なんですか……？」

困惑して中嶋さんのほうに顔を向けると、同じように頷いた。

「わたしも難しいことは分からないけど、そうみたい」

「ははあ……」

「夫がいろいろ調べてくれたの。それによると、どうやらわたしが育った環境が影響してるんじゃないかって結論になってねぇ」

中嶋さんは語りはじめた。

「わたし『北の国から』で、小さいころから富良野《ふらの》で過ごすことが多かったの。七歳から二十二年間だったかなぁ。

富良野って、どこまで行っても自然が主役の土地なのよ。だから、狙《ねら》った風景のシーンを撮るためには、自然の気分がこっちに向いてくれることを祈って、ひたすら待機するしかないの。よくあったのが雪待ちで」

「雪待ち?」

「撮影のために雪が止《や》むのを待ったり、追い求める理想の雪があるときにはそれが降るのを待ったり。雪待ちだけで何日も撮影できないなんてことも、ざらにあったの。ほかにもいろいろ、時々刻々《じじこくこく》と移り変わる自然と一緒に生きる日々が、わたしの若いころだった」

壮大な話に、めまいを覚えた。

「とにかく自然のゆらぎに翻弄《ほんろう》されつづけた二十二年間だったなぁ。それでわたし、自分の心の在り方がすっかり形成されちゃって。この世界には、自分の思いどおりになることなんて、ほとんどないんだなぁって。時間とともに変わっていかないものなんてないし、何かが百%ひとつに決まるなんてこともないんだなぁって。そんな悟りにも似た感覚がいつしか心に沁《し》みついたの。仏教でいう色即是空《しきそくぜくう》にも近いのかなー。それで、定まるってことが、虫ピンで押さえつけられるみたいに窮屈《きゅうくつ》に感じるようになって、常に自由な状態でいたいなって強く思うようになっていったの」

「その在り方が、心の中の話だけで終わらなかったのが朋子さんなんですよ」

ダンナさんが言葉を継《つ》いだ。

「精神力学じゃあ心と身体《からだ》は深く関係してるって言われてるらしいですけど、心の変化と一緒に朋子さんの体質のほうも徐々に変わって、ひとつの実体だけでは収まらない身体になっていったんです。いちど学者先生に相談してみたんですけど、そのときにはもう、朋子さんの身体はすっかり量子化されちゃってて」

「……つまりは観測することで初めて実体へと収束する、確率的人になった、と?」

二人は同時に頷いた。

「じゃあ、いまこうしてぼくの目の前に中嶋さんが中嶋さんとしていらっしゃるのは、ぼくという観測者が中嶋さんのことを観測してるから、なんですか?」

混乱しそうになりながら聞くと、またしても、二人は大きく頷いた。

「ならですよ? ぼくが観測を止めた瞬間に、中嶋さんはいつどこに行ってしまうか分からなくなるんでしょうか……」

いやそれは、と、中嶋さんが口を開いた。

「わたしの状態は、何とか関数で理論的には予測できるらしくって。それによると、わたしがまったくちがうところに行っちゃう可能性は限りなくゼロに近いんだって」

「……それって、波《は》動《どう》関数ですか?」

ぼくは、Ψとかħとかiとかが入り乱れた式を思い浮かべた。

「そうそう、それそれ」

波動関数はシュレディンガー方程式を解くと得られるもので、物体の状態を確率で予測できるという代物《しろもの》だ。ぼくは少し、理系魂をくすぐられた。中嶋さん特の関数を数式として導くのは、実際問題ほとんど不可能に近いだろう。でも、叶《かな》うならば式を見てみたいものだなぁ。中嶋さんの佇《たたず》まいのように、さぞ素敵な式に違いない……。

「じつは、わたしが量子的だってことは、女優のお仕事ともつながってる話なの」

中嶋さんはつづける。

「わたし、役作りって言われるものを全然しないタイプで」

「ええっ！　そうなんですか⁉」

「まあ、しないっていうか……『これ』っていう特定のものに役をホールドしちゃわないで、感じるまま、流動的に、その場の空気に合わせてチューニングするって感覚なのよ」

少し考えたあと、ぼくは叫ぶように言った。

「なるほどぉ！」

中嶋さんの言葉の意味するところを悟ったのだ。

「要は、逆に言えば中嶋さんはその場の空気をつくっている周囲の人たちに観測されることで、初めてひとつの状態——役に収束していくということですね⁉　だから自分で役作りをする必要がない、というか、そんなことはそもそも不可能なんだ。

なぜなら中嶋さんは自分で自分をどうにかすることはできなくて、あくまで周りの人たちの観測によってしか実体化され得ないんですから！」

「そういうこと！」

ダンナさんも興奮気味に参戦する。

「だからぼくは、朋子さんの芝居があると何度だって足を運ぶんですよ。たとえ同じ舞台でも、共演者やお客さんたち――観測する人たちの変化によって、毎回、朋子さんの状態も変わるんですから。今日はどんなふうに変わってるのかなって、それを定点観測しに行くのが楽しみなんです」

目を輝かせるダンナさんに、なんて素敵なご夫婦だろうと、ぼくは思った。

ちなみに、と、ダンナさんは言った。

「日常の朋子さんも、同じようにぼくが観測するたびに状態を変えるんで、おもしろいですよ。これは夫の役得《やくとく》ですね」

にやりとして、つづけた。

「ただ、ぼくが見てないときに朋子さんがどんなことになってるのか、それが永遠に分からないのは、ちょっともやもやしますけどね。なにしろ観測しちゃったら、どうあがいたって必ずひとつの状態に収束しますから。ぼくが家を空けてるあいだや寝てるあいだ、朋子さんがどんな形をとってるのか、どんなふうに見えるのか、それは誰にも分からないんです」

笑うダンナさんを見ながら、待てよ、と、ぼくは思った。この話は何も、中嶋さんに限った話じゃないのではなかろうか……。

自分の周りにいる人たちのことを考えてみる。

みんな、ぼくと会っているときは、無論、ひとつの姿で目の前に実在している。でも、目を離しているとき、あるいは自分と別れたあと、みんなの姿はどうなっているのだろうか。

何しろ、量子的な人は観測した瞬間にひとつの状態に決定されてしまうのだ。もし仮に友達が量子的なやつだったとしても、いまのぼくにそれを判断する術《すべ》はない。ならばすでに自分の友達の中にも、量子的な人間が紛《まぎ》れこんでいるのかもしれない……。

もしかすると、じつは少なくない数の人が、いや、よもや大多数の人が本当は量子的な人間で、ぼくの知らないところではみんな波みたいな存在になっているのかもしれないぞ。そしてみんなはぼくが観測したときにだけ、実体として姿を現すのかもしれない……。

ぼくは酒を飲むのもやめて、ひとり腕を組んで考えこんだ。

なるほど、自分自身にしてみたって、例外とは言えなそうだ。

ときどき、ひと気のない夜道をひとりで歩いたりしていると、なんだかぼんやりしてきて、まるで自分の輪郭がなくなって周囲に溶けこんでいるかのように感じることがある。まさしくあの瞬間こそ、自分も量子論でいう波の状態、確率的な存在になってしまっているときなのでは……。

「田丸さん、大丈夫？」

中嶋さんの言葉で、ハッとなった。

「す、すみません、ちょっといろいろ考えるところがありまして……」

中嶋さんは、そんなぼくに同情してくれた。

「そうよね、急に言われてもって感じよねぇ」

ぼくはまた少しひとりで考えに耽《ふけ》り、やがて言った。

「でも、お話を伺《うかが》って、なんだか中嶋さんの本質の一端が垣間見《かいまみ》られたような気がします。存在自体が確率的だということの意味も、頭ではなんとなく理解できました。もちろん実感レベルでは、まだまだ分かってないんでしょうが……とりあえずは」

「それなら、よかった」

二人は穏やかに微笑《ほほえ》んでいる。

頭の中がだいぶ整理されたところで、ぼくは気分一新、酒を注文しようとメニューを探した。

が、テーブルを見渡したけれど、メニューがどうも見当たらなかった。

おかしいな、さっき注文したときにでも隣の椅子《いす》に置いたかなと、何気なく横の空席に目をやった。

そのときだった。

「わ！」

あまりの驚きで、大声をあげてしまった。

そこは空席などではなかった。気づかぬうちに、中嶋さんの息子さんが座っていたのだ。

「え!?　ちょっと待ってください！　ええっ!?　いつの間に!?」

突如《とつじょ》どこからともなく現れた息子さんに、ぼくはパニックに陥《おちい》った。

中嶋さんはおかしそうに笑いながら言った。

「あーこういうこと、たまにあるのよ。じつはうちの息子も、わたしの血を引いたからか育った環境のせいなのか、どうやら量子的な子になっちゃったらしいの」

ぼくは目を見開いた。

説明を聞いてもまだ事情が分からず、おろおろするばかりだった。

すると、中嶋さんが助け舟を出してくれた。

「えっとね、推測するに……おそらく息子は塾が終わってここに駆けつけた。なのに、誰も自分のほうを見てくれなかった。だから、ずっと波の状態のまま、ひたすら観測されるのを待ちつづけてたんじゃないかしら」

ぼくは、ただただ言葉を失《な》くした。

「ありがとうございます」

そう言って、息子さんはぺこりと軽く頭を下げた。

「田丸さんのおかげで、ようやく収束できました」

綾部祐二

スポットライトに魅せられて

お笑い芸人・ピースの綾部祐二《あやべゆうじ》さんのことは相方《あいかた》の又吉さんとお会いすると時おり話題に上るので、テレビでお見掛けすると勝手にうれしくなったりしていた。

しかし、ご本人にお会いできる日が来ようとは――。

テレビ的な印象だけを切り取ると、綾部さんは調子に乗って天狗《てんぐ》になっているとイジられる「天狗キャラ」や、熟女が好きな無類の「女好きキャラ」というようなイメージが浸透していると言えるだろう。けれど、本書の取材のためにテレビ局の楽屋でお会いした綾部さんは、又吉さんから聞いていた通り、エネルギッシュなオーラをビシビシ放っている素敵な雰囲気の人だった。

先に到着していたぼくは、楽屋に入って来た綾部さんに挨拶《あいさつ》をした。

「おはようございます！　又吉さんには、いつもお世話になっていて……」

という文言が適切なのかは分からなかったが、綾部さんは「こちらこそ相方が」とご丁寧に何度も頭を下げてくださった。そしてリュックを降ろすと早々に座ってくれて、対面する形となった。

「……えっと、今日は田丸さんとお話しさせていただくってことで大丈夫でしたっけ？」

「はい！」

時間も限られていることなので、ぼくはすぐに切りだした。

「さっそくなんですが、この企画はですね……」

ぼくはこの「芸能人ショートショート」の趣旨《しゅし》をかいつまんで説明する。すでに又吉さんをモチーフにした作品は雑誌で発表済みだったので、サンプルとして見開き一ページのそれを手渡した。

と、綾部さんは表情を変えた。

「すみません、じつはぼく、小さいころからぜんぜん活字を読まなくて……」

綾部さんは申し訳なさそうに口にする。

「雑誌でも、読むのにめちゃくちゃ時間がかかってしまうんです」

「綾部さん、大丈夫です！」

ぼくは、ここぞとばかりに胸を張る。

「ショートショートなら五分もかからず、すぐ読めますので！　この作品も、見開きで完結してるんです」

「えっ？　これで？」

綾部さんは目を丸くして誌面を眺《なが》める。

「せっかくなので、ぜひいま読んでみてください。そのほうが趣旨も伝わるかと思いますので」

「はあ……」

綾部さんは言われるままに誌面を覗《のぞ》き、そのまま指で文をすいすいなぞりはじめた。「ふんふん」「なるほど」などと呟《つぶや》きながら、どんどん読み進めていく。

三分も経《た》たないうちに、綾部さんは顔を上げた。

「へぇぇ……そうか、そういうことなんですねぇ……おもしろい」

そのお言葉に、ぼくは胸を撫《な》で下《お》ろす。

「よかったです。楽しんでいただけたなら、うれしいです」

「……ということは、こんな感じでぼくが登場人物の作品を書いてくださるわけですか？」

「です！」

「ははあ……」

それで今日は取材させていただきたいのだと説明した。

「ただ、取材といっても大げさなものではなくて。本当にざっくばらんに雑談させていただければありがたいです」

なるほど、よく分かりました。そう言って、綾部さんとの会話がはじまった。

綾部さんは、ぼくの尋《たず》ねるまま気さくにいろいろなことを話してくれた。又吉さんのことや、日常のこと。お笑いのことや、テレビ番組などのこと。

そして話題は、自《おの》ずと「例の件」へと及《およ》んでいった。

「あの……この話は嫌というほど人から聞かれていると思いますけど……」

前置きしつつ、ぼくは尋ねる。

「改めて、ニューヨーク行きのお話を伺《うかが》いたくて」

綾部さんといえば、この話題を避《さ》けて通ることはできないだろう。

——レッドカーペットを歩きたい。

綾部さんはそれを理由に、日本での活動をいったん休んでニューヨークに行くのだと大々的に宣言していたのだった。

その発表がなされたとき、メディアはかなり賑《にぎ》わった。英語もできない、何の後《うし》ろ盾《だて》もない、ほぼ無計画。そんな綾部さんが、唐突に「レッドカーペットを歩きたいからニューヨークに行く」などと宣言したのだ。あからさまに失笑する声や、嘲《あざけ》る声、心配する声。その一方で、行動力を称賛《しょうさん》する声や応援の声も多くあがった。メディアは連日賑わって、ちょっとしたお祭り騒ぎのようになった。

かくいうぼくも、このニュースから目を離すことはできなかった。又吉さんから伺っていた綾部さんの印象も含め、軽はずみな発言などでは絶対にないだろうとは思っていた。けれど、直接お話を伺わなければ真意のほどは定《さだ》かでない。なぜニューヨーク行きを決意したのか――。

そんな中、幸運にもご本人とお会いできるチャンスがめぐってきたわけである。遠慮なく何でも聞いてほしいという綾部さんのお言葉にも甘え、ぼくは改めて尋ねてみた。

「そもそも、どうしてニューヨークに?」

何度も聞かれて辟易《へきえき》しているだろうに、綾部さんは嫌な顔ひとつせず答えてくれた。

「より強いスポットライトを浴びたいんです」

それだけです、と、綾部さんは強く言った。

「それ以上でも以下でもないんですよ」

「はあ、スポットライト……」

正直なところ、ぼくは少し拍子抜《ひょうしぬ》けしてしまった。もっと、ひとことでは言い表せないような複雑で込み入った事情があるのではと、あれやこれやと邪推《じゃすい》していたのだ。

より強いスポットライトを浴びたい——。

あまりにシンプルな、ともすれば軽薄《けいはく》な印象さえ与えかねない言葉である。

が、そこでぼくは、いや、と一瞬遅れて考え直した。綾部さんの口調は自信に満ちた確信的なものだった。シンプルな言葉の裏には、何か深いものが潜《ひそ》んでいるのではなかろうか。

黙って考えこむぼくに、綾部さんは射抜くような視線を崩《くず》さない。

「ぼく、物心ついたときからスポットライトに惹《ひ》かれるタチなんです」

たとえるなら、最初は真っ暗なところに居たというイメージですかね。綾部さんはそうつづけた。

「その暗い場所に、あるとき一筋の光が差しこんできたんです。おもちゃのライトが放つようなチープで弱々しい光だったんですけど、ぼくにとっては新鮮で。引き寄せられるようにその光を目指しました。そうして光にたどりついて浴びてみると、最高に気持ちがよくて。そこからです。ぼくがもっともっと強い光——スポットライトを追い求めるようになったのは」

芸人になったのも、そのスポットライトへの憧《あこが》れが発端になったのだという。

二十歳のとき、綾部さんは友人と一緒に原宿へ出かけた。そこで偶然、ロケをしていたダウンタウンのお二人と遭遇《そうぐう》したのだ。芸能人に出くわしたこと自体も衝撃だったが、何より衝撃的だったのは、二人を取り巻く歓声だった。

芸人になってスターになれば、こんなにも強烈なスポットライトを浴びられるのか。あの場所に、自分も立ちたい——。

そしてすぐに友人とコンビを組み、芸人を目指した。

「性格的なことも幸いしたんだと思います。ぼくはやってダメだったときの後悔よりも、やらなかった後悔のほうが耐えられないタイプなんです。あのとき芸人になっていればよかった、自分ならできていたかも、なんて、歳《とし》をとってから思うのだけは嫌だったんですよ」

挫折《ざせつ》もあった。紆余曲折《うよきょくせつ》もした。

けれどその挑戦の結果こそ、いま目の前で輝いている綾部さんというわけだ。

説得力が違う――。

ぼくは唸《うな》った。なんてかっこいい人だろう。

「……なんだかニューヨーク行きのことも、少しだけ分かったような気がします」

綾部さんはご自身の本質に、内なる声に、忠実に従っているだけなのだ。

より強いスポットライトを浴びたい――。

レッドカーペットで浴びるスポットライトは、さぞ強烈な光だろう。

「ところで」

不意に綾部さんが口を開いた。

「全然話は変わりますけど、ぼく、スポットライト好きが高《こう》じて、数年前から研究なんかもしてましてて」

「研究、ですか？」

「茨城《いばらき》の町工場《まちこうば》にお願いして、共同で」

そういえば、と、思いだす。綾部さんは若いころ、茨城の椅子《いす》工場に勤めていらっしゃったことを。

「あの椅子をつくる工場のことですか？」

「いえ、そのツテをたどって照明器具をつくってる工場を探したんです。そこで一緒に研究して、スポットライトを再現できる特殊な電球をつくりました」

綾部さんは、これまで自分の浴びてきたいろんなスポットライトの光を体験できる代物《しろもの》をつくったのだと語った。

路上や、お客さんがほとんどいない劇場で浴びてきた弱いスポットライト。満員御礼《おんれい》の舞台上や、テレビの収録スタジオで浴びてきた強いスポットライト。

それら様々な光を再現するには、単に光の強度だけをいじればいいわけではない。浴びたときに、いかに現場のリアリティーを彷彿《ほうふつ》とさせられるかが重要になる。

綾部さんらは研究の末、特殊なフィラメントを開発したのだという。そしてそれを使い、オリジナルの電球をつくりあげた。

「なのでぼくの家の照明は、全部その電球を使っていて。気分に合わせてスイッチで強度を調整して、いろんなスポットライトを楽しんでます」

しかし、と、ぼくは尋ねずにはいられなかった。話に水を差すことにはなろうけれど——。

「あの、綾部さん……それって疲れたりしないいんですか？」

ぼくは自分が同じ状況になった場面を想像してみた。家ではリラックスして、くつろぎたい。が、家に帰ってもスポットライトが待ち受けているのだ。気の休まる暇《ひま》がないじゃないか……。

「はは、疲れませんよ」

綾部さんは笑いながらも断言する。

「というか、これがぼくなりのリラックス方法なんですよ。ぼく、ゆっくりするっていう感覚が人とは違ってまして」

たとえば、と、綾部さん。

「温泉に浸《つ》かったりするよりも、遊園地でワーッと騒いだりしてるほうが、よっぽどゆっくりしてる感じというか、ストレス発散になるんですよ。だから、家でもずっとスポットライトを浴びつづけていられるなんて、こんなにうれしい話はないいんです」

「……そういうものなんですねぇ」

もはや想像の範疇《はんちゅう》を超えていたが、エネルギッシュな綾部さんならばそう感じるのかもしれないな、と思わされた。

綾部さんは、さらに言う。

「電球のことで付け加えると、ちょうどいま量産化を目指してもいるんですよ」

「量産化……？」

「まあ、ただのお節介かもしれませんけど……一般家庭にもぼくの電球が普及して、みんながいつでもスポットライトを浴びられるようになったらいいなと。きっと、生活にも張りが出てくるんじゃないかと思うんです」

ぼくはスケールの大きさに再び唸った。

見ている景色が違いすぎる——。

「でも、悔しいんです」

綾部さんは顔をしかめる。

「いまのところ再現できるスポットライトは、あくまでぼくが体験してきた範囲のものだけです。逆に言えば、体験してない光は再現しようがないんですよ。ニューヨークには、絶対にもっと強い光が待ってるはずですから。早くそのスポットライトを浴びて、自分の日常の中に取りこんでやりたいですね」

あくまで姿勢は一貫していた。

綾部さんはぼくにとって、まるで光源《こうげん》のように眩《まぶ》しく、そしてどこまでもかっこよかった。

お会いしてからしばらく経ってからのことである。

ふとつけたテレビ番組に綾部さんが出ていて「おっ」と思った。そしていつもと違ってその場に釘《くぎ》づけになったのは、こんなテロップが目に入ってきたからだった。

【新商品】綾部祐二プロデュース　スポットライトを浴びられる電球!?

ぼくの頭に、綾部さんの言葉がよみがえる。

――電球の量産化を目指してるんです。

あのときのあの構想が早くも実現したわけか。本当にすごい人だ……。

さっそくＷＥＢで調べてみると、すでに注文が殺到しているようで、納品までに時間が掛かると書かれてあった。ぼくは迷わず注文し、電球の到着を楽しみに待ち望んだ。

しかし、数週間後に物が届き、リビングに設置してみて戸惑《とまど》った。照明をオンにした瞬間から、何だか急に居心地《いごこち》が悪くなったのだ。

その原因は、間もなく分かった。

たしかに電球による特殊な光を浴びていると、満席の舞台にでも立ったかのような気分になる。が、それを素直に喜べないのだ。のしかかってくる重圧が尋常《じんじょう》ではないのである。

観衆の熱い眼差《まなざ》し――それは気持ちを鼓舞《こぶ》してくれる一方で、一瞬にして冷ややかなものへと変化しうる危険性も孕《はら》んでいる。

下手なことなどできやしないが、早く何かをしなければ。緊張感で身体《からだ》は固まり、立っているだけで動悸《どうき》がする――。

ぼくはスイッチに駆け寄り電気を落とした。
そこはもう、いつもの家のリビングだった。
どっと疲労感に襲われて、ソファーに腰掛け天を仰《あお》ぐ。
綾部さんは、いつもこんなスポットライトの下でお仕事をされているのか……。
しかも、だ。綾部さんは、これ以上の光を求めてニューヨーク行きを決めたのだ。
畏怖《いふ》に包まれ、もはや言葉は出なかった。

ちなみにこの電球は、ほどなくして販売中止が発表された。
生半可な気持ちで手を出した者が多かったのだろう。スポットライトのプレッシャーに耐え切れず、心が折れる者が続出してしまったということだ。

あとがき

さて、「エッセイ風フィクション」の世界は、いかがでしたでしょうか？

「こんなことはありえない！」

そう思った方もいらっしゃるかもしれませんし、

「でも、ちょっと待って、本当のところはどうなんだろう……？」

と思った方もいらっしゃるかもしれません。

いったい、どこまでが実話で、どこからが空想なのか――。

いずれにせよ、少しでも楽しんでいただけていたならば、作者としてはうれしい限りです。

そして、モチーフにさせていただいた十名のみなさんに、この場を借りて改めて深く御礼申し上げます。みなさんのイメージを傷つけていないことを切に願いつつ……ぼくの空想癖に付き合ってくださり、本当にありがとうございました。

なお、この物語はあくまで田丸雅智個人の抱いたイメージや空想、独自の目線に基づいたフィクションであり、事実と異なるところも多くあります。その点をご了承いただければ幸いです。

本書では「芸能人」と呼ばれる方をモチーフにさせていただきましたが、不思議な物語は何もそういった人々の周りにだけ存在しているわけではありません。ありふれた日常の中に、さりげなく潜んでいるものなのです。

本書を読み終わったら、ぜひ一度立ち止まって、よくよく周りを観察してみてください。

あなたのそばにも不思議が、ほら。

この物語はフィクションです。

初出

魂の園	又吉直樹	「ダ・ヴィンチ」2015年7月号	KADOKAWA
キュウリとにこるん	藤田ニコル	「Popteen」2016年10月号	角川春樹事務所
大黒柱	谷原章介	「WEBランティエ」	角川春樹事務所
声の渚で	大原さやか	「WEBランティエ」	
ヘッド・リバー	橘ケンチ	「月刊EXILE」vol.107	LDH JAPAN
フリル菌	秦佐和子	「WEBランティエ」	
怒りに油を	尾崎世界観	「WEBランティエ」	
利子手帳	村上健志	「WEBランティエ」	
量子的な女	中嶋朋子	「WEBランティエ」	
スポットライトに魅せられて	綾部祐二	「WEBランティエ」	

田丸雅智（たまる まさとも）

１９８７年、愛媛県生まれ。東京大学工学部、同大学院工学系研究科卒。

２０１１年、『物語のルミナリエ』（光文社文庫）に「桜」が掲載され作家デビュー。

12年、樹立社ショートショートコンテストで「海酒」が最優秀賞受賞。

「海酒」は、ピース・又吉直樹氏主演により短編映画化され、カンヌ国際映画祭などで上映された。

15年からは自らが発起人となり立ちあがった「ショートショート大賞」において審査員長を務め、
また、全国各地でショートショートの書き方講座を開催するなど、
新世代ショートショートの旗手として幅広く活動している。

著書に代表作『海色の壜』、『Ｅ高生の奇妙な日常』など多数。

田丸雅智 公式サイト　http://masatomotamaru.com/

Kadokawa Haruki Corporation

田丸　雅智
芸《げい》能《のう》人《じん》ショートショート・コレクション

*

2017年10月 8 日第一刷発行

発行者 角川春樹
発行所 株式会社 角川春樹事務所
〒102-0074 東京都千代田区九段南2-1-30 イタリア文化会館ビル
電話03-3263-5881(営業) 03-3263-5247(編集)
印刷・製本 中央精版印刷株式会社

定価はカバーに表示してあります
落丁・乱丁はお取り替えいたします
ISBN978-4-7584-1312-1 C0093
http://www.kadokawaharuki.co.jp/